나는
프랑스
샤토에
산다

나는
프랑스
샤토에
산다

제1판 5쇄 발행 | 2022년 11월 20일

지은이	허은정(쥴리 허)
펴낸이	박성우
기획, 사진	코티지 김지해
스타일링	이수정
디자인	정해진 www.onmypaper.com
펴낸곳	청출판
주소	경기도 파주시 문발동 594-10
전화	070-7783-5685	팩스 031-945-7163
전자우편	sixninenine@daum.net
등록	제406-2012-000043호

ISBN | 978-89-92119-74-0 03810

나는
프랑스
샤토에
산다

허은정 (쥴리 허) 지음

청출판

I dedicate this book to
My husband who always encourages me to dream big
My mom, dad and my daughters

CONTENTS

글을 시작하며

1992년 나는 올림픽협회의 자원봉사자로 활동할 기회가 있었다. '88 서울올림픽' 4주년을 기념한 세계육상선수권 대회가 서울에서 열렸고, 그때 일본어 통역과 경기장 장내 영어 아나운서로 봉사활동을 했다. 지금 생각해보면 부족한 실력이었지만, 그때 경험은 내 인생이 바뀌는 하나의 계기가 되었다. 해외여행 자유화가 시작된 지 얼마 안 된 시기였던지라 외국에 나간다는 것이 쉽지 않은 시절이었다. 그런데 자원봉사를 경험하면서 영어를 더욱 잘하고 싶다는 욕심이 생겼고, 그런 즈음 우연히 '유학박람회'라는 곳을 가볼 기회가 있었다. 박람회에 참여한 단체들은 세계 여러 나라와 연수가 가능한 학교들을 열심히 홍보하고 있었다. 다소 낯선 모습들로 어리둥절해하며 여기저기 기웃거리던 중 박람회 한곳에 걸린 커다란 해변 사진이 눈에 들어왔다.

"사진에 걸려 있는 저 해변은 어디인가요?"

"아 정말 멋지죠. 호주에 있는 '골드 코스트Gold Coast' 라는 곳입니다."

그런 나의 모습을 지켜보던 한 홍보 직원이 골드 코스트라고 말해주었다. 사진을 보는 순간 나도 모르게 가슴 한쪽이 뭉클해졌고, 천국이 있다면 바로 그런 곳일 거라고 생각했다. 세상 어딘가에 저런 곳이 존재한다니, 경이롭다는 생각을 하며 한참 동안 사진을 눈에 담고 있었다. 그리고 시간이 얼마 지난 후, 유난히 추웠던 걸로 기억하는 스물여섯 살 12월 한겨울에 나는 호주 골드 코스트로 유학을 떠났다. 단 한 장의 사진이 이후의 내 인생을 바꾸게 되리라고 누가 생각했겠는가!

나의 첫 외국살이는 그렇게 시작되었다. 그곳 호주에서 남편 그램을 만나 결혼까지 했고, 이후 미국 캘리포니아에서 10년 정도 살기도 했다. 그러나 지금은 프랑스 작은 시골마을의 지은 지 160년이 넘은 집에서 이 글을 쓰고 있다. 처음 이 집의 열쇠를 받은 날, 어두컴컴하고 곰팡이 냄새가 진동하는 빈 집에 들어갔을 때의 느낌이 아직도 생생하다. 드디어 프랑스에서 살게 되었다는 흥분보다 어둠 속에 홀로 서 있는 듯한 설명하기 어려운 두려움이 마음에 가득 차 있었다.

'과연 이 큰 집을 잘 꾸밀 수 있을까?' 어디서부터 무엇을 어떻게 시작해야 좋을지 엄두조차 나지 않았다. 별별 생각들이 머릿속을 스쳐 지나갔다. 나는 커다란 노트를 하나 들고 각 방들을 돌아다니며 크기를 재고 도면을 그리기 시작했다. 그리고 벽에는 페인트 색 샘플을 붙여놓고, 당장 필요한 물품 구매 목록을 적기도 했다. 죽기 전에 꼭 해보고 싶었던 일, 프랑스에서 사는 일이 정말로 현실이 되어 있었다. 할 수 있다는 용기만 갖고 시작한 일이다.

1992년 주니어 세계육상선수권 대회 당시
통역활동을 하던 저자

인생을 살아가는 동안 여러 번의 기회가 찾아온다고 말한다. 하지만 그 기회를 알아보지 못하고 놓쳐버리는 경우가 다반사라고 한다. 내가 프랑스 시골의 앤티크 집을 만날 수 있었던 건 그런 운과 기회가 나에게 왔을 때 그것을 알아보고 실행하는 용기가 있었던 것에 감사할 따름이다.

사람들은 나를 대단한 사람이라고 생각할 수도 있다. 또는 경제적으로 여유가 있으니까, 라고 치부할지도 모른다. 하지만 경제적인 여유보다 더 중요한 것은 내가 진정 원하는 게 무엇인지 알아야 하고, 그것을 위해 도전을 할 수 있는 마음 자세라고 생각한다. 꿈이란, 마술을 부리듯 그냥 이루어지는 것이 아니라 나와의 끊임없는 싸움이라고 할 수 있다.

고대 이집트인들이 파피루스 종이에 원하는 일들을 적어 그것을 실천시켰다는 글을 아주 오래전에 읽은 적이 있다. 나 역시 나의 버킷리스트에 적어두었던 것 중 하나가 '죽기 전에 낡은 집을 사서 내 맘대로 고쳐보기'와 자급자족할 수 있을 정도의 농사를 지으며 시골에서 목가적인 삶을 살고 싶다는 것이었다.

그리고 55세가 된 지금 내가 하고 싶었던 일 두 가지를 이루게 되었다.

가슴속에서 아직 하고 싶은 일들이 꿈틀거리고 있다면 나이와 상관없이 언제든 도전할 수 있다고 생각한다. 현재 살고 있는 곳에 만족할 수도 있지만, 나에게 이사란 새로운 일에 대한 도전이요, 새로운 세계에 대한 모험이다.

누구나 일생에 한 번쯤은 다른 나라에서 살아보고 싶다는 꿈을 꾼다.
당신은 어느 나라를 선택하겠는가?

나는 프랑스 시골로 귀농했다.

UN

A la recherche d'une

maison

집 구하기

프랑스는 왜?

사람들은 나에게 '왜 프랑스죠?'라고 물었다. 살기 좋은 호주를 떠나 말도 안 통하는 나라에서 어떻게 집을 사고, 살 수 있느냐고 의아해했다. 더군다나 파리도 아닌 프랑스 시골로 이사를 간다고 말하는 나를 모두가 이상한 사람 취급을 하기도 했다. 프랑스에서 만나 지금은 친구로 지내는 이들도 그 점에 대해서는 아직도 이해를 못하는 것 같다.

나는 서울에서 태어나 프랑스로 와 살기 전까지 도시에서만 생활했다. 그런 이유 때문이었을까. 꽃이 가득 피어 있는 정원, 그리고 주변에는 나무들이 곧게 자라 있는 전원생활을 늘 그리워했다. 물론 호주의 시골마을들도 나름 운치가 있었지만, 프랑스 시골마을들은 영화 속 스크린에서나 볼 수 있을 법할 정도로 정겹고 매력적이다. 수백 년 전에 지어진 고성들과 100년도 훨씬 넘은 듯한 돌집들, 광장을 둘러싼 시골의 작은 상점들, 건물 하나하나에 깃들여 있는 아름다움과 지역마다 간직한 특색들을 글로 다 설명할 수는 없다. 이처럼 아름다운 프랑스지만, 이 같은 아름다움이 내가 프랑스에 살기로 한 것을 충분히 설명해주지는 못한다. 남편의 직장과 아이의 학교 문제 등 여태 살아온 나라와 환경을 한순간에 바꾼다는 건 정말로 어려운 일이었고, 나는 밤마다 깊은 고민에 빠져 있었다.

"죽기 전에 프랑스 시골의 낡을 집을 사서 내 맘대로 고치며 살아보고 싶어요!"

사람들의 끊임없는 질문에 스스로 반문해본 적도 많았지만 그때마다 나는 기계적으로 동일한 대답만 되풀이했다. 이 말 외에는 프랑스가 왜 끌리고, 매력적으로 느껴지는지 어떤 이유로도 쉽게 설명할 수 없다. 옛날 유학시절 우연히 들른 카페의 타로카드 점쟁이는 나의 점괘를 이렇게 들려주었다. '태어난 곳으로 돌아갈 겁니다!' 간혹 나는 그 점괘를 떠올리며 전생에 프랑스와 나 사이에 분명 어떤 인연이 있었던 거라고 생각해보기도 한다.

A la recherche d'une maison

호주에서 유학생으로 공부하던 어느 날, 집 근처 즐겨 찾던 카페에서 타로카드 운세를 본 적이 있다. 평소 운명이란 태어날 때 결정되는 게 아닌 자신이 어떻게 만들어 가느냐에 따라 달라지고 결정된다고 믿고 있었기에 점이나 운세에 관심이 없었다. 그러나 타로카드 운세를 봐주던 남자의 계속된 권유에 못이기는 척 재미삼아 점을 보게 되었다. 그로부터 25년이나 지난 지금도 그 남자의 말을 또렷하게 기억한다.

"당신은 왜 호주에 있는 거죠?" 남자가 의아하다는 듯 고개를 갸우뚱하며 말을 시작했다.
나는 "호주가 좋아요. 앞으로도 계속 호주에 살 거예요."라고 짧게 대답했다.
"당신은 호주에서 살지 않을 겁니다. 언젠가는 당신이 태어난 곳으로 다시 돌아갈 거예요."
그 남자는 확신에 찬 목소리로 말했다.

황당한 이야기에 무슨 말 같지도 않은 소리를 한다고 치부했던 일이다. 당시만 해도 나는 호주에서 죽을 때까지 살리라고 다짐했었다. 나에게 인생이 무엇인지 깨닫게 해주고, 어떻게 살아야 하며 여유로운 삶을 산다는 것이 무엇인지 알려준, 그리고 평생의 반려자를 만난 나라가 호주였다. 나는 기회가 있을 때마다 호주를 자랑하고 다녔기에 사람들은 나에게 호주 명예대사를 하면 잘 어울릴 것 같다며 듣기 좋은 농담까지 해주곤 했다. 그랬던 내가 호주를 떠나 프랑스 시골로 이사 가기로 결심했을 때 타로카드로 점을 봐주던 남자의 말이 문득 떠올랐다.

은퇴 후 살집 찾기

스코틀랜드에서 태어난 남편 그램은 어렸을 때 부모님과 호주로 이민을 와서 살게 되었다. 그래서인지 나이 들어 은퇴를 하면 유럽에서 살고 싶다는 말을 자주했다. 그 말을 들을 때마다 20대 중반부터 호주에 와서 살게 된 나도 호주가 아닌 다른 곳을 여행하며 남은 생을 즐기며 사는 일을 동경했다.

딱히 유럽 어디라고 정하지는 않았고 처음에는 그램의 고향 스코틀랜드에서 사는 상상을 해보았다. 아주 오래 전 스코틀랜드를 방문할 기회가 있었는데, 동화 속에서나 볼 수 있을 법한 에딘버러 성(城)이며 작은 마을들의 모습이 좋은 기억으로 남아 그곳에서 살아도 좋겠다는 생각이 들었다. 하지만 그램은 스코틀랜드로 돌아가고 싶지 않다고 했다. 유독 추위를 많이 타는 내가 스코틀랜드의 길고 추운 겨울을 아마도 견딜 수 없을 것이라는 이유였다. 사실 나는 한국을 떠나 따뜻한 나라에서만 반평생도 넘게 살아왔기 때문에 몸이 추위를 견디는 법을 잊어버렸는지도 모른다. 가끔씩 한국에 갔을 때 만나는 겨울 추위도 몹시 매서워 견디기 힘들 때가 많았다.

시간이 지날수록 은퇴 후 살 곳에 대한 고민이 조금씩 구체화되기 시작했고, 어느새 틈만 나면 인터넷 부동산을 통해 스코틀랜드를 시작으로 영국, 프랑스 등 온라인 세계에서 손쉽게 이 나라 저 나라 집 구경을 하는 것이 일상이 되어 있었다.

그러던 어느 해 봄, 내가 좋아하는 프랑스로 휴가 겸 집을 보러 가기로 결정했다. 인터넷으로만 보던 집들을 눈으로 직접 확인하고 싶었다. 그렇게 우리 부부의 '은퇴 후 살집 찾기' 미션이 시작되었다.

A la recherche d'une maison

나와 남편이 각자 태어난 곳이 아닌 프랑스로의
은퇴와 귀농의 삶을 살기로 결정한 것은
우연이 아닌 운명일 수도 있다.

프랑스에 대한 로망

많은 사람들이 '프랑스!'라고 하면 파리와 프로방스를 한 번쯤 가봐야겠다는 막연한 동경을 갖고 있듯이 나 또한 프랑스를 좋아했다. 프랑스라는 말만 들어도 로맨틱한 생각이 들었다. 게다가 프랑스 영화가 주는 잔잔한 감성, 프랑스의 풍부한 식재료를 활용한 다양한 음식, 루이 14세에서 16세를 거치며 화려하게 변천해온 문화, 드넓은 르와르 밸리의 웅장한 고성들, 남프랑스의 푸른 햇살과 보랏빛 라벤더 들판…. 어느 하나 빼놓을 수 없는 멋진 나라임에 틀림없다.

나는 정교하게 조각된 고가구와 장식 몰딩, 인테리어와 도자기, 대리석 벽난로와 화려한 샹들리에, 크고 작은 액자를 활용한 프렌치 스타일의 인테리어를 좋아한다. 화려하고 여성스러운 고풍미와 함께 오늘날에도 전혀 뒤지지 않는 모던한 매력까지 모두 더해진 것이 내가 생각하는 프렌치 스타일이다. 나는 틈이 날 때마다 가구에 직접 페인팅도 하고 패브릭 소품을 만드는 등 집 꾸미는 일을 좋아해서 낡은 가구에 변화를 주어 새롭게 만드는 업홀스터리Upholstery 스튜디오를 운영하기도 했다.

처음 파리에 도착했을 때 집을 보러 가는 일보다 파리의 벼룩시장부터 구경하고 싶었던 것도 그런 이유였다. 오랜 전통을 자랑하는 파리의 벼룩시장과 파리 근교의 창고형 브로캉트 마켓을 방문했을 때에는 천장까지 가득 쌓인 가구와 소품들을 보고 얼마나 기분이 설레었는지 모른다. 더러 낡고 까진 곳이 있기는 해도 정교하게 조각된 몰딩 장식의 원목가구, 리넨으로 짠 패브릭웨어들은 오랜 세월에도 잘 보존되어 있었고, 리모쥬 도자기 식기들은 영롱한 빛으로 반짝거렸다. 누군가에게는 낡은 것 투성이의 고물창고였는지 몰라도 나에게는 더 없는 보물창고였고, 하루 종일 둘러봐도 또 둘러봐도 질리지 않을 만큼 신이 났다.

오래된 집에 대한 나의 애착과 사랑은 현대식 집에서는 찾아볼 수 없는 정교함에 있다. 가구나 도자기, 그리고 원단에 이르기까지 모두 장인의 혼을 불어넣은 듯하고 어느 것 하나 허투루 만들지 않았다. 호주의 역사는 영국이나 프랑스보다 길지 않지만, 그래도 초창기 이민시대에 지어진 100년 이상 된 건물과 집들을 볼 때면 하나하나 정성껏 지은 손길이 그대로 느껴졌다. 그리고 언젠가 나도 그런 집에서 살아보고 싶다는 생각을 오래 전부터 해왔다. 그런 내가 프랑스 시골의 맨션과 고성을 직접 보았을 때 한순간에 매료된 것은 당연한 일이었고 '죽기 전에 프랑스의 낡은 집을 사서 살아보기'가 또 다른 꿈으로 다가와 있었다.

A la recherche d'une maison

파리

비가 추적추적 내리던 2011년 봄, 샤를 드골 공항에 도착한 날을 아직도 생생히 기억한다. 당시 우리 가족은 호주 멜버른에 살고 있었다. 멜버른에서 서울을 경유해 23시간의 장거리 비행을 마치고 어린 딸 조이와 파리에 도착했다. 마중을 나온 기사 아저씨와 함께 공항을 출발해 파리 중심부로 이동했다. 그날 오전 파리에 먼저 도착해 있던 남편은 시내의 호텔에서 우리를 기다렸고, 나와 조이는 그 호텔로 가는 길이었다. 비까지 내린 파리의 도로는 교통 체증이 심각해 차가 거의 움직이지 않았다. 그러나 창밖으로 낯선 프랑스어 이정표들이 눈에 띄자 내가 정말로 파리에 도착했다는 실감이 났다. 공항을 벗어나 파리 시내로 들어갈 무렵, 가로등과 길거리의 카페에도 하나씩 불이 들어오기 시작했다. 어둠이 내려앉으며 발걸음을 재촉하는 사람들, 노천카페에 켜진 노란 불빛들, 촉촉하게 비에 젖은 가로수…. 비 내리는 파리의 거리는 눈물이 날 정도로 아름다웠다. 47살이 되어 처음 와보게 된 파리, 그렇게 프랑스는 나를 기다리고 있었다.

©SonSungjoo

"If you are lucky enough to have lived in Paris as a young man,
then wherever you go for the rest of your life,
it stays with you, for Paris is a moveable feast"

젊은 시절 한때를 파리에서 보낼 수 있는 행운이 따라준다면,
평생 당신이 어디를 가든지 파리는 움직이는 축제처럼 당신과 함께 할 것이다.

— 어니스트 헤밍웨이 Ernest Hemingway —

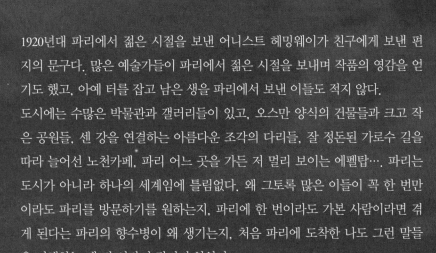

1920년대 파리에서 젊은 시절을 보낸 어니스트 헤밍웨이가 친구에게 보낸 편지의 문구다. 많은 예술가들이 파리에서 젊은 시절을 보내며 작품의 영감을 얻기도 했고, 아예 터를 잡고 남은 생을 파리에서 보낸 이들도 적지 않다.

도시에는 수많은 박물관과 갤러리들이 있고, 오스만 양식의 건물들과 크고 작은 공원들, 센 강을 연결하는 아름다운 조각의 다리들, 잘 정돈된 가로수 길을 따라 늘어선 노천카페, 파리 어느 곳을 가든 저 멀리 보이는 에펠탑…. 파리는 도시가 아니라 하나의 세계임에 틀림없다. 왜 그토록 많은 이들이 꼭 한 번만이라도 파리를 방문하기를 원하는지, 파리에 한 번이라도 가본 사람이라면 겪게 된다는 파리의 향수병이 왜 생기는지, 처음 파리에 도착한 나도 그런 말들을 이해하는 데 긴 시간이 걸리지 않았다.

비가 내리는 저녁, 파리의 거리는 헤밍웨이가 아니어도 누구나 작가나 시인이 될 것 같은 분위기였다.

자, 떠나자! 프랑스 시골로

2박 3일의 짧은 파리 여행을 마친 후 파리 북역Gare de nord에서 차를 빌려 프랑스 시골마을로 떠났다. 우리의 목적지는 파리에서 250㎞ 정도 떨어진 페이 드 라 루아르Pays de la Loire 지역 내의 에흐네Ernée라는 시골마을이었다. 호주에서 인터넷으로 검색해 예약한 코티지 형식의 아담한 비앤비Bed and Breakfast가 그곳에 있었다. 영국인 부부가 운영하는 비앤비였고, 프랑스 시골의 정서가 가득 담긴 분위기의 작은 마을에 자리하고 있었다.

프랑스에서 자동차 여행을 한다는 일이 신기하면서도 믿어지지도 않았고, 한 번도 가본 적 없는 시골마을을 찾아간다는 일이 걱정되기도 했다. 빌린 차가 수동식이었던 데다가 운전대마저 호주와 반대로 붙어 있었기에(한국과는 같지만) 여행 중에는 주로 남편이 운전하고 나는 옆에서 지도를 펼쳐보며 길안내를 담당했다. 내비게이션에 의존해 길을 찾아갈 수도 있지만 불어로만 표시된 이정표를 빨리 알아보기가 쉽지 않았고, 긴 터널을 지나갈 때면 신호가 끊겨 몇 번이나 길을 잃기도 했다. 복잡한 파리의 순환도로를 빠져나오기까지 스트레스가 이만저만이 아니었다. 무려 2시간 넘게 운전한 끝에 드디어 우리가 빠져나가야 할 도로의 이정표가 눈앞에 나타났다.

A la recherche d'une maison

안도의 한숨과 함께 고속도로를 벗어나 작은 시골마을 길로 접어들 수 있었다. 생각보다 차가 별로 없었고 쭉 뻗은 길 양쪽으로 넓은 평야와 작은 집들이 보이기 시작했다. 좁은 길을 따라 마을로 들어서자 돌로 지어진 크고 작은 집들이 눈앞에 나타났다. 그리고 중간 중간의 작은 상점들은 마치 영화 세트장을 떠올릴 만큼 예뻤다. 멋스러운 간판이 멀리서 봐도 '프랑스 빵집이구나!' 싶은 곳을 지나갈 때 마침 긴 바게트를 옆구리에 끼고 나오는 시골 아저씨의 모습은 오래된 프랑스 영화의 한 장면을 보는 듯했다.

마을을 지나 다시 넓은 들판 사이로 난 길로 접어들었다. 저 멀리 외따로 지어진 농가와 울타리 너머 삼삼오오 모여 풀을 뜯는 소와 말들은 여유롭고 한가하게 보였다. 길을 찾아오며 긴장했던 숨통이 갑자기 확 틔는 것 같았다. '저 푸른 초원 위에 그림 같은 집을 짓고'라는 노랫말이 절로 흥얼거려지던 그때, 우리가 예약한 숙소가 보였다. 농가를 개조한 코티지 스타일의 집으로 우리 식구들의 임시 프랑스 거처가 되어줄 곳이었다.

작은 마을 구경

큰 짐은 숙소에 둔 채 우리 가족은 며칠간 주변의 마을과 집을 구경하기로 했다. 특별한 목적지 없이 길을 가다가 '*샤토Château' 푯말이 나오면 무조건 이정표를 따라가는 방식이었다. 그렇게 도착한 첫 마을이 크라옹 샤토Château de Craon가 있는 크라옹Craon이었다. 샤토 근처에 주차를 하고 웅장한 철대문 앞으로 걸어갔다. 입구에는 *가디언 하우스Guardian House처럼 보이는 작은 집이 있었다. 누군가 있지 않을까 둘러보는데, 옆에 작은 상자 하나가 놓인 것을 발견했다. 원하는 만큼 기부하고 들어가라는 문구와 함께 샤토와 정원을 설명하는 안내판이 서 있었다.

* **샤토**Château 프랑스 귀족이나 상류층이 풍경 좋은 전원에 짓고 살던 대저택을 말한다. 중세의 샤토는 주로 외부 침략에 대비하기 위해 요새 형태로 지어져 '성Palace'으로 부르기도 한다. 루아르 밸리에는 '샤토의 수도'로 불릴 만큼 왕족들이 거주하던 샤토를 비롯해 수많은 고성들이 남아 있다.

* **가디언 하우스**Guardian House 샤토처럼 큰 건물 입구에 보통 출입을 통제할 목적으로 만든 작은 건물이다. 사람이 살 수 있는 곳도 있고, 그냥 방범용으로 만들어놓은 곳도 있다.

숲을 방불케 하는 울창한 나무가 빼곡한 길을 따라 들어가니 저 멀리 샤토의 뒷모습이 나타나기 시작했다. 마구간처럼 보이는 낮은 창고를 돌아 샤토 앞 쪽으로 걸음을 옮겼을 때 넓게 펼쳐진 정원과 반듯한 연못의 모습은 베르샤유 궁전이 떠오를 만큼 인상적이었다. 개인이 소유한 곳이라 건물 내부로 들어가 볼수는 없었지만, 멋진 건물과 예쁜 정원을 구경하는 것만으로도 기부한 20유로가 아깝지 않았다. 1시간 정도 샤토 구경을 마친 후 다음 목적지 낭트^{Nantes}로 향했다.

샤토에서 숙박을 해보는 경험도 좋을 것 같았다. 나는 밤새 인터넷을 뒤져 샤토 하나를 예약하고 다음 날 그곳을 찾아 나섰다. 프랑스에는 많은 고성들이 호텔과 게스트 하우스로 개조되어 손님들을 맞고 있다. '고성에서의 하룻밤' 너무도 낭만적이지 않은가?

©Bertrand

프랑스 고성의 인테리어는 감성을 자아내게 하는 매력을 가졌다. 높은 층고와 섬세한 바닥장식까지 어느 하나 예술이 아닌 것이 없다.

우리가 예약한 샤토는 루아르 밸리에 위치한 샤토 도드베흐^{Le} Château d'Hodebert라는 곳으로, 낭트를 출발해 루아르 강가를 따라 동쪽으로 2시간 정도 차로 이동하면 도착할 수 있는 곳이었다. 말로만 듣던 루아르 강가는 생각보다 한결 더 낭만적이었다. 좁은 강변도로를 따라가다 보면, 강가 양쪽에 작은 집들부터 화려한 저택과 고성들이 있고, 루아르 밸리의 유명한 포도밭이나 한적한 강가에서 잠시 쉬었다 가도 좋을 그런 곳이었다.

성에 도착하자 성의 안주인인 이바나Ivana가 환하게 웃으며 우리를 반갑게 맞이했다. 그녀의 가족은 파리에서 살다가 이 성으로 이사를 왔는데, 남편 가족이 1890년부터 성의 주인이었으며, 다른 사람에게 성이 팔리기 직전 그녀와 그녀의 남편이 고민 끝에 구입해 보수해서 살고 있다고 했다. 4명의 어린 딸들과 고성을 수리하고 텃밭을 가꾸며 살고 있는 그녀는 무척 씩씩해 보였다.

우리가 이틀 정도 묵을 곳은 샤토 안에 있는 게스트룸이 아닌, 입구 옆에 위치한 가디언 하우스를 개조한 곳이었다. 그곳에 짐을 내려놓고 이바나의 안내를 따라 성을 구경하러 나섰다. 난생 처음 구경하게 된 고성의 실내장식은 인상적이었다. 파리에서 인테리어 사업을 한다는 이바나 남편의 솜씨가 돋보였다. 손으로 직접 페인팅을 해서 만든 벽지, 방마다 특색 있게 꾸민 인테리어는 부유한 고성의 주인들이 살았을 듯한 분위기를 연출하고 있었다. 내가 처음 구경한 샤토, 가끔은 여행객들에게 게스트 하우스로 빌려주기도 하고, 개인용 주택으로도 사용하는 그 성을 본 이후 프랑스 샤토에 대한 로망이 더 커졌는지도 모른다.

샤토를 살까?

우리 부부가 은퇴 후 살 곳을 프랑스로 결정하고 집을 사자고 결론 내렸을 때, 처음 우리가 생각했던 집은 정원이 넓은 평범한 프랑스 시골집이었다. 아담한 집 한 채를 사서 정원과 텃밭을 가꾸며 평화로운 노년을 보내고 싶었다. 직접 키운 채소로 자급자족하는 그야말로 프랑스 시골로의 귀농이라고 생각했다.

인터넷으로 프랑스의 집들을 구경하면서 가장 놀라웠던 점은 웅장한 고성을 일반 사람들이 구입할 수 있다는 것이었다. 물론 가격은 천차만별이지만 말이다. 처음 온라인에서 구경한 고성은 리모쥬Limoges 지역이었다. 앤티크를 좋아하는 사람이라면 한두 개 정도 가지고 있는 리모쥬 차이나를 생산하는 곳이다. 지금도 귀족들이 살고 있을 법한 화려한 고성들을 누구든 마음만 먹으면 살 수 있다니 놀랍지 않은가? 그때부터 나는 '호주의 집을 팔면 프랑스에 성을 사고도 남는다'며 남편에게 말하고 고성을 사자고 조르기 시작했다. 실제로 몇 해 전 호주 신문에는 시드니의 작은 아파트 값이면 프랑스의 고성을 살 수 있다는 기사가 실리기도 했다. 아마 서울의 집 한 채를 팔면 프랑스의 저택이나 고성을 충분히 구매하고도 남을 거라고 생각한다.

돌이켜보면, 그 시절 철없는 나의 무지함에 절로 웃음이 나온다. 수백 년이 넘은 낡은 집을 산다는 것은 단순히 구매로만 그치지 않는다는 걸 지금은 뼛속 깊이 알고 있다. 이곳저곳 손볼 곳이 한두 군데가 아닐 뿐만 아니라, 평생 집수리나 하면서 살아야 할 수도 있다는 사실을 그때는 짐작조차 못했다.

©Bertrand

지금은 161년 전에 건축된 약 2,500평의 정원으로 둘러싸인 작은 고성, 쁘띠 샤토Petit château에서 살고 있다. 그러나 내가 처음 사고 싶었던 고성은 현재 우리집보다 훨씬 크고, 넓은 땅이 성 주변을 둘러싸고 있었다.

무식하면 용감하다는 말처럼 그때는 딱 내가 그랬다. 사실 지금 우리집을 살 때만 해도 나는 구체적인 정보도 없이 무작정 일을 저지른 것이나 마찬가지였다. 나는 어떤 일을 할 때 결정하기까지 시간이 들고 힘들지 일단 결정하고 나면 끝까지 밀어붙이는 성격이다. 모르는 사람들은 고집불통의 여인이라고 생각할 수도 있는데, 그렇게 생각해도 상관없다. 한 번 사는 인생 몸과 마음이 건강할 때 하고 싶은 일들은 해봐야 한다고 생각하기 때문이다.

집 찾아 삼만리

우리는 2011년부터 2013년까지 3년 동안 꽤 많은 집들을 구경했다. 여행을 핑계 삼아 데려온 조이는 자동차 뒤에 앉아 계속된 부모의 집 찾아 삼만리에 지쳐가고 있었다. 어린 딸을 데리고 이역만리 시골 구석구석을 누비며 집 구경을 다니는 낯선 이방인들의 모습이 프랑스 사람들의 눈에는 이상하게 비쳐졌을 수도 있다. 하지만 그런 건 아무래도 상관이 없었다.

우리가 3년 동안 보았던 집들 중에는 그림처럼 아름다운 집들도 있었지만 이해하기 어려운 구조의 이상한 집들도 많았다. 가령 어떤 집은 벽과 문 전체를 화려한 벽지로 장식해 방에 들어갔다가 출구를 못 찾기도 했고, 밖에서 볼 때는 너무나 멋진 저택인데, 실내에는 수백만 마리의 파리 떼가 죽어 있는 집도 있었다. 집의 구조가 미로처럼 복잡해 나오는 길을 찾지 못해 한참을 헤맨 집, 집과 정원 사이에 도로가 나 있는 집도 있었다. 이런저런 조건이 모두 마음에 드는 집을 겨우 발견하면 공동묘지가 바로 집 뒤쪽에 있기도 했다. 공동묘지 근처는 절대 안 된다는 남편 그램의 주장에 마음에 드는 집을 포기하기도 했다. 우리 부부는 가끔씩 과거에 구경했던 집들의 이야기를 나누곤 하는데, 프랑스에는 지금도 일반 사람의 상식으로는 도저히 이해할 수 없는 구조나 인테리어로 장식한 집들이 많다. 왜 그렇게 지었는지는 지금도 의문투성이다.

—— 그램과 조이. 여행을 핑계 삼아 프랑스로 집을 구경하러 다니던 시절. 어느 곳을 가든 무엇을 하든 가족이 함께 한다는 건 행복한 일이다.

집 구하기 에피소드

언젠가 한번은 말 그대로 그림 같은 마을에 가격까지 괜찮은 집이 매물로 나와 있었다. 러셀 크로우 Russell Crowe가 주인공으로 나온 영화 〈어느 멋진 순간A good year〉의 프로방스 와이너리와 샤토가 떠올랐다. 멋진 정원과 수영장이 있고 뒷마당에는 작은 개울도 흘렀다. 그램도 나도 단번에 마음에 들어 집을 구경하고 괜찮으면 바로 계약을 하자고 할 만큼 근사한 집이었다. 3형제가 유산으로 물려받은 집이라 빨리 팔기를 원한다는 부동산 중개인의 말을 들으며 집의 내부가 어떻게 되어 있을지 궁금증을 품고 조심스럽게 집 안으로 들어갔다. 사실 프랑스의 시골집들은 우리가 잡지에서 보듯 아름다운 인테리어로 치장되어 있지 않다는 것을 그동안의 집 구경으로 이미 알고 있었다. 그 집 역시 나의 기대를 저버리지 않았다. 집은 오랫동안 비워져 있었는지 쾌쾌한 냄새와 여러 가지 물건들이 어지럽게 놓여 있었다. 들어가자마자 왼쪽 편으로 부엌이 있었고, 부엌 옆으로 작은 방이 하나 있었는데 뭔가 이상한 구조의 집이라는 생각이 들었다. 미로 같은 구조의 입구를 지나 안으로 들어가자 나는 갑자기 몸이 한쪽으로 기우는 듯한 느낌이 들었다. 자꾸 몸이 한쪽으로 기우는 것 같다고 말하자 남편과 부동산 중개인 모두 아무렇지 않은데 내가 이상한 거라고 치부했다. 하지만, 오른쪽에 위치한 거실 쪽으로 이동하자 기우는 느낌은 더 강해졌다. 참 이상한 일이었다. 3층으로 된 집을 모두 구경하고 지하로 내려갔을 때, 우리는 지하에서 집의 오른쪽을 받치고 있는 철근구조를 발견했다. 부동산 중개인은 별거 아니라며 집을 튼튼히 지탱하기 위해서 설치한 것이라고 변명하듯 설명했다. 그러나 집 밖으로 나와 자세히 살펴보던 남편이 집 뒤쪽 벽으로 지하에서 3층까지 금이 가 있는 것을 발견했다. 아마도 개울이 문제인 것 같다고 말했다. 집 뒤로 흐르는 개울 때문에 차츰 지반이 약해져서 집이 한쪽으로 기운 것으로 보인다고⋯ 집 안에서 기우는 느낌이 들었던 게 괜한 기분 탓이 아니었던 것이다. 우리 부부가 처음으로 마음에 들어 했던 집은 그렇게 허탈하게 끝이 났다.

프랑스에서 집을 구하는 몇 가지 조건

사람들은 자신이 주거할 곳을 정할 때 나름의 이유와 조건들을 따져본다. 아이가 있는 가정이라면 학교가 가까워야 하고, 직장을 다니는 사람은 교통이 편해야 한다. 은행이나 병원과 같은 편의시설을 이용하기에 불편함이 없어야 하는 이유도 있다. 나를 잘 아는 사람이건, 모르는 사람이건 간에 다들 내가 왜 지금 살고 있는 지역에 집을 선택했는지 의아해한다. 나는 늘 우리집이 파리에서 멀지 않다고 말하는데, 한 번이라도 와본 사람은 자동차로 약 3시간 거리에서부터 혀를 내두른다. 호주에서 편하게 거실에 앉아 인터넷으로 집을 구경할 때만 해도 집만 마음에 들면 프랑스 어느 지역이든 상관없다고 생각했다. 스페인이나 이탈리아와 가까운 남프랑스는 연중 날씨가 좋기로 소문이 나 있어 많은 외국인들이 은퇴 후 삶을 살기도 하니까 말이다. 하지만 직접 프랑스로 건너가 집을 보기 시작하면서 나에게도 나름의 조건들이 생기기 시작했다.

첫째, 당일치기로 파리를 다녀올 수 있어야 한다

파리에서 자동차로 최대 3시간 거리 안에 있어야 했다. 드넓은 호주, 미국에서 살아보았기에 3시간 정도의 거리는 당일치기로 충분히 다녀올 수 있는 거리였다. 시골에 살아도 가끔씩 오페라도 관람하고, 앤티크 경매장과 원단 시장도 다니고, 백화점도 종종 방문하는 등 파리의 예술과 문화를 만끽하는 데 큰 무리가 없는 거리라면 좋겠다. 직접 운전해서 파리를 가지 않더라도 집 근처 역에서 초고속 열차 테제베TGV: Train à Grande Vitesse를 타고 다녀올 수 있는 거리여야 한다.

둘째, 공항과 기차역이 가까워야 한다

프랑스에 살면서 기회가 되면 여러 유럽 국가를 여행하고 싶었다. 그리고 가끔씩 호주와 한국을 오가려면 샤를 드골 국제공항이 집과 너무 멀지 않아야 했다. 남편이 종종 가는 런던도 왔다 갔다 하는 데에 멀지 않아야 한다(우리집에서는 영국까지 가는 저가 항공사가 운항하는 생말로 디나드Saint Malo-Dinard 공항이 1시간 30분 거리에 있고, 유럽의 여러 나라를 오가는 관문인 낭트 공항과의 접근성도 좋은 편이다).

셋째, 루아르 밸리가 멀지 않아야 한다

수백 년 전에 건축된 고성들의 수도라 불릴 정도로 많은 고성들을 접할 수 있는 곳이 루아르 밸리다. 루아르 강가를 중심으로 왕족이 기거하던 고성부터, 파리의 귀족들이 별장으로 사용해왔던 크고 작은 고성들이 되도록 가까우면 좋을 것 같았다.

넷째, 식재료 산지와 음식문화를 접할 수 있는 곳이어야 한다

프랑스하면 음식문화를 빼놓을 수 없다. 따라서 구하는 집이 유명 식재료 산지와 가깝기를 바랐다. 루아르 밸리에는 와인 생산지가 많이 있고, 노르망디에는 프랑스를 대표할 만한 치즈와 버터를 비롯해서 좋은 식재료 산지가 많다. 와인과 요리 만들기를 좋아하는 남편에게는 여러 가지 신선한 식재료를 쉽게 구할 수 있는 위치에 집을 구하면 은퇴생활의 활력이 될 거라고 생각했다.

기다림의 연속

따뜻한 봄 날씨와 쌀쌀한 기온이 오락가락하던 2013년 4월 말의 저녁, 이번 여행에서도 원하는 집을 찾지 못해 허탈해진 마음과 내년에 다시 프랑스에 올 수 있겠구나 하는 안도의 마음이 뒤섞인 채 숙소로 돌아왔다. 우리 식구들은 보통 4주 정도 프랑스 시골에 머물면서 작은 마을을 여행 삼아 다니며 집 구경을 다녔다. 간단히 저녁을 먹고 컴퓨터 앞에 앉아 즐겨 찾던 웹 사이트들을 하나 둘씩 다시 점검하며 새로운 매물이 혹시 있는지 찾는 일은 어느새 나의 새로운 취미이자 일과가 되어 있었다. 머리보다 손이 더 빨리 클릭 버튼을 누르는 도중 근사한 집 한 채가 눈에 들어왔다. 그동안 우리가 찾던 건축양식인데다 위치 또한 남편과 내가 둘 다 마음에 드는 곳이었다.

갑자기 심장이 두근두근 뛰기 시작했다. 잔뜩 흥분한 마음으로 그램을 불러 집 사진과 내용을 보여주었다. 집 보기에 조금 지쳐 있던 남편도 흥미를 가지는 듯했다. 그러나 흥분도 잠시 호주로 돌아갈 날을 겨우 일주일 앞두고 과연 부동산과 약속을 잡을 수 있을지 걱정부터 앞섰다. 뜻이 있는 곳에 길이 있다고 했던가? 그 말을 수백 번 되뇌며 매물로 나온 집을 구경하고 싶다는 이메일을 보냈다.

어떻게 밤이 지나갔는지 모르게, 선잠을 자듯 밤을 보내고 아침에 눈을 뜨자마자 이메일을 확인해보았다. 당연히 아무런 연락이 오지 않았다. 실망을 한 나는 흥분을 가라앉히고 좀 더 기다려보기로 하고 오후에는 숙소 근처의 마을 구경에 나섰다. 아름다운 마을 이곳저곳을 구경하면서도 내 마음은 온통 어제 저녁 인터넷에서 본 그 집 생각으로 가득했다.

집으로 돌아오자마자 바로 컴퓨터를 켰다. 거기에는 하루 종일 애타게 기다리던 이메일이 도착해 있었다. 집을 구경할 시간과 약속 장소를 간단하게 보낸 부동산의 답변 이메일이었다. 약속까지는 이틀을 기다려야 했지만, 나는 왠지 좋은 일이 생길 것 같은 기분에 콧노래를 부르고 있었다.

첫눈에 반하다

4월 말 프랑스 시골의 드넓은 들판에는 노란 유채꽃이 가득 피어 있었다. 그림 같은 유채꽃밭을 가로질러, 작은 길을 따라 부동산 아저씨와 약속한 마을의 교회 앞에 도착했다. 먼저 와서 기다리고 있던 부동산 아저씨 제임스를 만나, 1㎞ 정도 방금 우리가 왔던 길로 되돌아갔다. 프랑스 부동산 업자들은 매물로 나온 집의 정확한 주소를 가르쳐주지 않는다는 것을 나중에야 알았다. 집 구매를 원하는 사람들이 주인과 직접 거래하는 것을 막기 위해서라고 한다.

작은 마을 안에 위치한 어느 집 앞에 다다랐다. 하얀 철대문이 열리고 안으로 들어가자 웹 사이트에서 본 사진 속의 집이 눈앞에 나타났다. 사진보다 훨씬 낡아 보이는 집 정면에는 연못인지 수영장인지 구별할 수 없을 만큼 파란 이끼가 수면 가득 덮인 더러운 웅덩이가 있었다. 또한 주변의 나무들은 집 정면이 보이지 않을 만큼 정글 수준을 방불케 할 정도로 뒤엉켜 자라 있었다. 꽤 오랫동안 사람이 살지 않은 것처럼 보였다. 남편과 조이는 먼저 부동산 아저씨 제임스를 따라 집 안으로 들어가고, 나는 정원과 집 사진을 몇 장 찍은 후 뒤쫓아 들어갔다. 현관을 들어서자마자 어두운 실내에서 쾌쾌한 곰팡이 냄새가 진동을 했다. 냄새에 민감한 조이는 정체불명의 불쾌한 냄새에 구경하기를 꺼렸지만, 나와 남편은 집 안 이곳저곳을 꼼꼼히 둘러보았다.

낡긴 했지만 화려한 문양의 멋진 바닥타일이 깔린 복도가 중앙에 있었고, 왼쪽에 있는 커다란 문의 화려한 문고리 장식 손잡이를 밀어젖히니 넓은 다이닝룸이 나왔다. 가구들은 하얀 천으로 덮여 있었고, 구석구석의 살림살이는 그대로였다. 오랫동안 집을 비울 때 먼지가 앉는 것을 방지하고자 물건을 천으로 덮어둔 모습은 낯선 풍경이었다.

다이닝룸 천장에는 웅장한 샹들리에가 빛을 잃은 채 쓸쓸히 걸려 있었고, 오른쪽 대리석 벽난로 위 천장은 검은 곰팡이로 뒤덮여 있었다. 발길은 맞은편에 자리 잡은 리빙룸으로 이어졌고, 문이 열리자마자 나의 시선은 리빙룸 안쪽에 자리한 벽난로에 멈췄다. 하얀 대리석으로 만들어진 벽난로에는 어떤 소녀의 얼굴(그녀가 누구인지 아직도 알아내지 못했지만)이 조각되어 있었다. 궁전이나 박물관 같은 곳에 화려하게 자리 잡은 벽난로를 제외하고 그처럼 멋진 벽난로를 본 것은 처음이었다.

다이닝룸, 리빙룸에 이어 부엌과 정체 모를 작은 방 하나가 있는 1층을 구경한 후, 좁은 폭의 둥글게 굽어진 계단을 통해 조심스럽게 2층으로 올라갔다. 길게 난 복도를 따라 좌우에 커다란 방 3개와 작은 드레스룸, 한쪽에는 언제 만들어졌는지 모르지만 딱 보기에도 아주 오래된 듯한 욕조 하나가 덩그러니 목욕탕 안에 있었다. 방들은 모두 낡은 벽지로 도배되어 있었고, 심지어 천장까지도 벽지로 연결되어 있었다.

3층 역시 3개의 방으로 되어 있었다. 그중 가장 넓은 방은 전 주인이 창고로 사용한 것처럼 보였다. 바로 지붕 아래라 한쪽 구석은 지붕에서 물이 스며든 듯한 흔적이 남아 있었고, 여기저기 박스와 작은 가구들 위로 먼지가 가득 쌓인 그런 방이었다. 나머지 2개의 방은 천장이 한쪽으로 비스듬하게 된 작은 다락방이었다. 하나의 방은 잔뜩 쌓인 짐들 사이로 지붕에서 물이라도 새어 만들어진 듯한 얼룩과 함께 반쯤 떨어진 벽지에서는 곰팡이 냄새가 코를 찌를 정도로 진동했다. 또 다른 방의 문 옆에는 큰 옷장이 놓여 있고, 침대 하나와 작은 책장이 자리를 차지하고 있는 방이었다. 문을 열자마자 바로 옆에 커다란 옷장이라니 왠지 눈에 거슬렸다(나중에 집주인이 되어 알게 된 사실이지만 그 옷장 뒤에는 비밀의 문이 숨겨져 있었고, 그 안에는 미처 생각지도 못한 커다란 공사가 우리를 기다리고 있었다!). 집은 매물에 소개된 완벽한 상태와는 거리가 멀어 보였다.

—— 처음으로 우리집을 구경했을 때 모습들. 가구 뒤에 숨겨진 많은 공사들이 우리를 기다리고 있었다.

고민과 갈등

집 구경을 마치고 부동산 아저씨 제임스와 인사를 나눈 뒤 잠시 바람도 쐴 겸 근처 노르망디의 온천마을 바뇰 드 론^{Bagnoles de l'Orne}으로 향했다. 나는 차 안에서 그램이 별로 탐탁해하지 않는다는 것을 알아챘다. 뒷자리에 앉아 있던 조이 역시 시큰둥했다. 집에서 냄새가 너무 많이 났고, 여기저기 검은 곰팡이로 뒤덮여 있는 집, 3층 방 벽에서는 이름 모를 버섯까지 자라고 있을 정도였으니 그럴 만도 했다.

사실 식구들은 이 집을 보러오기 전에 구경했던 옆 마을의 집을 마음에 들어했다. 마을 중간에는 작은 강이 흐르고, 아담한 성이 있는 예쁜 마을이었다. 하지만 나는 생각이 달랐다. 3년 동안 본 집 중 가장 맘에 들었고, 집을 보고 나온 순간부터 어떻게 공사를 하면 좋을지 상상하기 시작했다. 부동산 제임스에 따르면 방금 우리가 구경한 집은 매물로 나온 지 일주일도 채 안 되었고, 우리가 처음 집을 보러 온 사람들이라고 이야기했다. 그래서였는지 우리 식구들을 단순히 구경꾼이라고 생각했을 수도 있다. 부동산 매매가 쉽지 않은, 특히 많은 보수 공사를 해야 하는 대저택들은 몇 년이 지나도 주인이 나타나지 않는 경우가 허다해서 매물로 나온 지 일주일 만에 그것도 처음 구경을 한 사람이 바로 집을 계약할 거라고 생각하지는 않았을 것이다.

바뇰 드 론으로 가는 내내 한동안 말이 없던 그램이 드디어 입을 열었다. 남편 생각에 이 집은 공사가 너무 많을 것 같고, 공사비용도 계획했던 것보다 훨씬 많이 들어갈 것 같다는 이야기였다. 나는 갑자기 남편을 몰아세우듯 설득하기 시작했다.

—— 온천으로 유명한 노르망디의 작은 마을 바뇰 드 론의 중심지에 있는 호수

우리 부부의 대화는 양보 없이 흘러갔고 결국 화가 난 나는 '그럴 거면 프랑스에 집 사는 걸 포기하자'고 으름장을 놓기까지 했다. 집을 보고 온 지 1시간도 안 되어 내 머릿속은 이미 그 집의 주인이 되어 있었기 때문이다.

사실 우리 가족은 지금까지 오래된 집에서 살아본 경험도 없고, 집수리라고는 벽에 페인트칠을 하거나, 바닥에 타일 몇 장 깔아본 게 전부인지라 이런 집을 공사하려면 어떻게 해야 하는지 감도 오지 않았다. 그렇지만 그런 것이 나에게는 두려움보다는 그냥 부딪치면 어떻게든 할 수 있으리라는 막연한 정열이 있었다. 뜻이 있는 곳에 길이 있다 하지 않았는가!

그날, 프랑스 시골에서 서서히 빛을 잃어가던
낡은 집과의 인연이 시작되고 있었다.

두 번째 방문

집을 보고 온 지 이틀이 지났고, 호주로 다시 돌아가야 하는 날이 며칠 남지 않았다. 나와 그램은 많은 대화를 했고 호주로 돌아가기 전 마지막에 본 그 집을 한 번만 더 보기로 결정했다. 남편은 나의 고집불통 성격을 잘 알고 있는 터라, 아마 호주에 돌아가서도 신상이 편하지 않으리라는 걸 직감했던 것 같다.

부동산 제임스와 다시 약속을 잡고 두 번째 집 구경을 갔던 날은 우리가 단순한 구경꾼이 아니라는 걸 알아채기라도 한 듯, 우리가 도착했을 때에는 첫 번째 방문 때와는 여러 가지로 달랐다. 이미 집 안의 셔터도 다 열어놓고, 방마다 불도 다 켜놓은 상태였다. 덕분에 처음 구경을 왔을 때보다 훨씬 밝고 화사한 기운이 집 안에 가득했다. 처음 집 구경을 갔을 때와는 완전히 다른 태도의 제임스는 집주인에 관한 이야기를 들려주었다. 이 집의 주인은 91세의 할머니이신데, 5년 전에 남편이 돌아가시면서 더 이상 혼자 계실 수가 없게 되자 집을 그대로 비워둔 채 근처의 양로원으로 들어가셨다는 이야기였다. 그제야 왜 모든 살림들이 그대로 방치되어 있는지를 알게 되었다.

5년 동안 비워둔 집, 그동안 아무도 돌보지 않은 집이었기에 남편과 나는 집 안 곳곳을 다시 한 번 꼼꼼히 살펴보았다. 만약 집을 구매한다면 어느 곳을 어떻게 공사해야 할지, 예산이 얼마나 들지 등을 구체적으로 생각해봐야 했기 때문이다. 프랑스에서 오래된 집들은 주인이 바뀌면 새로 개정된 법에 따라 정화조부터 새로 개조해야 한다고 했다. 담당기관의 허가를 받아야 하고, 공사 업체를 찾는 일도 쉽지 않을뿐더러 비용도 만만치 않다는 이야기를 들었다. 집 안에는 두꺼비집조차 없이 전기가 설치되어 있어 전기 공사도 새로 해야 할 것 같았다.

지붕 공사, 창문 공사, 70년대 들어서 한 번 정도 개조한 듯한 부엌 공사, 그 큰 집에 달랑 하나밖에 없는 욕실 공사, 벽 공사 등…. 공사 목록은 끝없이 늘고 있었다. 정원에 있는 커다란 창고의 지붕은 바람이라도 세게 불면 금세 날아갈 것처럼 보였고, 정글이라고 해도 무방할 수준의 정원 공사 등 하나하나 따지고 보면 새로 집을 짓는 게 더 경제적일 것 같았다. 갑자기 머리가 아파왔다. 이렇게 큰 집을 공사해본 적이 없는 우리 부부에게는 막막한 순간이었다. 집 꾸미기를 좋아하는 나도 어디서부터 손을 대야 할지 엄두가 나지 않았다. 하지만 몇 년 후 남편이 은퇴를 해서 프랑스에 정착해 살게 되면, 우리에게 시간이 많을 테니까 쉽고 작은 공사는 직접 해보는 걸로 하고, 우리 손으로 해결할 수 없는 일들은 전문가에게 맡기면 되겠지 하는 생각에 마음속으로는 거의 '저 집을 계약하자!'는 쪽으로 기울고 있었다.

늦은 시간 다시 숙소로 돌아오는 길. 남편과 이런저런 상의를 하며, 아니 거의 나의 입장에서 설득하기 시작했다. 남편도 두 번째로 본 집이 싫지만은 않은 듯했고, 이번에는 어쩔 수 없다고 생각했는지 앞으로의 공사를 내가 전적으로 맡아서 하는 조건이면 집을 사는 것에 동의하겠다고 말했다. 나의 집요한 설득에 거의 두 손을 들다시피 한 동의였다. 나는 그 말에 너무 기뻐서 집만 살 수 있다면 내가 다 알아서 하겠다고 용기백배 큰소리를 쳤다.

무식하면 용감하다고 했던가, 모르는 게 약이라고 했던가? 어디서 그런 자신감이 나왔는지, 아니면 귀신에라도 홀린 거였는지 알 수 없었다. 하지만 내가 처음 그 집에 발을 들여놓았을 때 나는 직감으로 알았다. 바로 이 집이 프랑스의 우리집이 될 거라는 것을….

지금 생각해보면 우리가 집을 선택한 게 아니라,
집이 우리를 선택한 것임에 틀림없다.
보이지 않는 끈이 우리를 잡아당기고 있었다는 것을 나중에 알게 되었다.

뒷마당에서 바라본 집의 풍경

가계약 후의 기다림

누구나 잘 알고 있듯이 집을 구매하는 것은 생각처럼 간단한 일이 아니다. 특히 언어가 다른 외국에서 집을 산다는 것은 더더욱 어려운 일이다. 그러나 어느 정도의 상식과 그 나라의 부동산법을 조금이라도 알고 있다면 한결 수월할 수도 있다. 나는 결혼 후 몇 번 집을 사고 팔아본 경험이 있었기에 외국에서 집을 구매하는 일에 대해 힘들다고 생각해본 적이 없었다. 그러나 프랑스에서 집을 사는 일은 법률적 어려움보다 더 나를 힘들게 하는 것이 있었다. 그것은 바로 기다림의 연속이었다.

부동산을 통해 가계약을 하고, 달랑 가계약서 한 장 들고 호주로 돌아온 것이 2013년 5월 초였다. 그 후로 한 달 뒤쯤 프랑스에서 두툼한 우편물 하나가 도착했다. 대략 100페이지 분량의 문서로 모두 집과 관련된 서류였다. 나와 남편의 '봉주르Bonjour' 정도의 불어 실력으로는 알아볼 수 없는, 하얀색은 종이 검정색은 글자라고 해도 과언이 아닐 정도의 부동산 관련 불어를 이해하기란 쉬운 일이 아니었다. 그 모든 서류를 구글 번역으로 돌려 내용을 대충 이해하기까지 한 달도 더 걸릴 것 같았다. 하지만 행운의 여신이 우리를 돕기라도 한 듯 운 좋게도 호주로 잠시 여행을 와 있던 프랑스 변호사를 만나 큰 도움을 받게 되었다. 우리는 서류를 한장 한장 다 이해했다는 표시로 종이마다 이니셜을 표시해서 프랑스로 돌려보냈다. 이제 프랑스에 선임하고 온 우리 *노테어 프레드가 다시 서류를 검토하고 이상이 없다면 오는 9월에 마지막 서명 후 잔금을 치르면 드디어 프랑스 집의 주인이 되는 것이다.

* **노테어**Nortaire 프랑스 가족법 또는 부동산 매매를 담당하는 변호사와 비슷한 직책이다.

다시, 프랑스

2013년 9월 초, 찬바람이 온 몸을 파고들던 싸늘한 기온의 멜버른을 떠나 혼자서 파리행 비행기에 몸을 실었다. 직장생활을 하는 남편과 학기 중인 조이는 동행할 수 없었다. 가족들을 멜버른에 두고 처음으로 혼자 떠나는 프랑스행이었지만 23시간의 장거리 비행도 왠지 신이 났다. 길고 긴 기다림을 끝내고 마지막 본계약서 서명을 하기 위한 여정에 오른 것이다.

9월 한 달을 지난번 머물렀던 시골의 코티지에서 지내기로 했다. 주말이 되면 여기저기 작은 마을에서 열리는 벼룩시장 구경 재미와 곧 프랑스에 집이 생긴다는 흥분으로 한동안은 어떻게 시간이 지나갔는지 모른다. 하지만 9월 말이 지나도 계약 날짜가 잡히지 않자 점점 불안해지기 시작했다.

—— 주말이 되면 브로캉트 마켓을 찾아 여기저기 다니면서 프랑스 시골마을들을 조금씩 알아가기 시작했다.

나는 거의 매일 우리가 선임한 노테어 프레드와 연락을 주고받으면서 집주인 변호사 쪽에서 연락이 오기만을 기다렸다. 프레드 말에 따르면 집주인 할머니가 워낙 연로하셔서 서두르지 않는다는 말만 지루하게 돌아올 뿐이었다. 한 달 내내 계약서에 서명하기만을 기다리던 나는 마음이 점점 더 조급해졌다. 하루 빨리 서류 정리를 하고 호주로 다시 돌아갈 수 있을지를 궁리했고, 기다림은 오기로 치달아 당장 서명을 안 하면 내년에 다시 오겠노라고 으름장을 놓기도 했다. 뜻밖에도 다음 날 들뜬 목소리로 프레드로부터 전화가 걸려왔다. 10월 4일 오전 9시 30분에 계약서에 서명하기로 했다는 것이다. 바로 이틀 뒤였다. 나는 흥분과 놀란 가슴을 붙잡고 부랴부랴 은행으로 뛰어갔다. 마지막 서명을 하기 전까지 잔금을 노테어 프레드 통장에 송금해야 했기 때문이다.

우리가 어떤 집을 구매하는지 알게 된 은행직원이 한 말이 생각난다.
"아, *마담 앙리오Madame Henriot의 집을 구매하시는군요."
"마담 앙리오 좀 쉬운 분은 아니시죠."

갑자기 잡힌 계약 날짜에 송금을 하려니 급행 수수료 50유로를 더 내야 했다. 온라인 송금을 하면 송금 즉시 받는 사람의 통장에 돈이 입금되는 당연한 일이 프랑스에서는 상상할 수 없는 일이었다.

※ **마담**Madame 프랑스에서 기혼 여성을 귀하게 일컫는 말. 영어의 미세스Mrs와 비슷하다.

서명하는 날

우여곡절 끝에 드디어 계약서에 마지막 서명을 하는 날이 되었다. 전 주인 할머니가 선임한 노테어의 사무실은 라발^{Laval}에 있었는데, 나는 그곳으로 출발하기 위해 아침 일찍부터 서둘러 준비했다. 라발은 우리가 구매할 집이 있는 마옌^{Mayenne} 주의 행정도시다. 내가 머물던 코티지의 맘 좋은 하나와 폴 부부도 그날의 여정에 나와 함께 동행해주었다. 프랑스에 아무 연고도 아는 사람도 없이 어찌 보면 참 무모한 행동이 아닐 수 없다. 프랑스로 귀농을 하고, 낡은 집을 사서 내 마음대로 고쳐 보겠다는 마음 하나만으로 여기까지 온 것이다.

사무실 앞에 도착했을 때 노테어 프레드도 막 도착했다. 문 앞에서 프레드를 만나자 그만 울음이 북받쳤다. 그 순간 왜 그랬는지 지금도 이해가 안 되지만, 말도 안 통하고 일이 어떻게 돌아가는 상황인지 알 수 없었고, 내가 아는 상식 이외의 나머지 일들을 쉽게 이해할 수 없었기에 울음이 터진 것 같다.

"쥴리, 잘 있었지?" 프레드가 물었다. "네, 잘 지냈어요." 나는 거의 울먹이는 소리로 대답했다. 그러자 프레드는 나를 위로하듯이 말을 했다. "쥴리, 프랑스에서는 모든 일이 두 가지 방법으로 진행돼요. 하나는 어렵게 진행하는 일이고, 또 하나는 아주 어렵게 진행하는 일이죠, 쥴리라면 어떤 방법을 선택하겠어요?"

모든 감정이 북받쳐 서럽던 나는 어이없는 그 말을 듣곤 웃지 않을 수 없었다. 그렇게 간단히 프레드와 인사를 나눈 후 사무실로 함께 들어갔다.

"당신은 어려운 방법과 또는 아주 어려운 방법
둘 중 어떤 것을 선택하겠는가?"

— 라발의 노테어 사무실

집주인이 되다

마지막 계약서에 서명을 하기 2시간 전에 구매하기로 한 집에 들러 모든 것들이 제대로 있는지 최종 확인하는 절차가 있다. 전 주인의 살림살이가 아직 그대로 있다는 것을 아는데, 마지막 방문 확인이 불필요하다고 생각한 나는 더 미루지 않고 한시라도 빨리 서명하고 싶은 생각뿐이었다.

전 주인 할머니는 연세가 많으셔서 변호사 사무실까지 오실 수 없었기에 처음 집을 소개해준 부동산 아저씨 제임스가 대리인 자격으로 서류를 들고 도착했다. 프레드가 100여 장의 서류를 거의 한 장씩 설명하며, 모든 서류에 빠짐없이 서명하라고 했다. 단 한 가지 예외는 계약 날까지도 전 주인의 살림살이들이 그대로 집에 있다는 것이다. 계약서에 바로 서명하지 않으면 다음 해로 미루겠다는 나의 으름장 때문이었는지 먼저 계약을 끝내고 2주 안에 살림살이를 정리하겠다는 조건이었다. 이런 경우가 흔하지 않은 조건이었지만 프레드가 특별히 애써준 덕분이었다.

1시간 정도 걸려 수많은 서류에 서명을 마치고, 드디어 제임스가 집 열쇠를 건네주었다. 모든 절차가 끝난 것이다. 알고 보면 복잡하지도 않은 그런 일을 거의 6개월이나 기다려야 했다는 게 한국이나 호주에서는 상상할 수 없는 일이었다. 물론 그 중간에 프랑스 전체가 잠시 멈춘 것 같은 바캉스 계절 8월이 끼어 있던 것도 하나의 이유였다. 프랑스니까 더욱이 아무도 서두르지 않는 프랑스 시골이니까 이 모든 상황을 받아들여야 했다.

프랑스에 은퇴 후 귀농할 집을 사겠다는 계획으로 수차례 호주와 프랑스 왕복을 한 결과 드디어 나는 프랑스에 있는 집의 주인이 될 수 있었다. 꼬박 3년이 걸린 일이다.

인내심은 성공을 하기 위한 중요한 요소입니다.
대문 앞에서 시끄럽고, 끈질기게 문을 두드린다면
누군가 문을 열어주지 않을까요?

마담 앙리오

숙소로 돌아가 간단히 점심을 먹으며 잠시 휴식을 취한 후, 폴과 하나 부부와 함께 집에 가보기로 했다. 그 집의 무거운 열쇠꾸러미를 들고 말이다. 앞서 세 번의 방문과는 전혀 다른 떨리고 설레는 마음을 가눌 수 없었다. 그러나 대문 앞에 도착했을 때 우리 일행은 한순간 얼음이 되었다. 굳게 잠겨 있어야 할 철 대문이 활짝 열려 있었고, 급히 마당을 통과해 도착한 현관문 역시 활짝 열려 있는 게 아닌가! 아까 마지막 계약서에 서명하기 전 집을 확인하는 절차를 생략한 나는 순간 머리가 멍해졌다. 프랑스에서는 종종 비어 있는 시골의 집과 저택에 도둑이 들어 오래된 샹들리에, 벽난로, 심지어 문짝까지 값이 나갈 만한 물건들을 모두 훔쳐가는 전문 도둑들이 있다고 들었기 때문이다. 노르망디에 커다란 고성을 산 친구 제인도 계약 후 그녀의 고성 안에 있던 벽난로 전체를 도둑 맞았다는 이야기를 해주었었다. '정말 도둑이라도 들었다면…. 집 안에 도둑 패거리가 떠나지 않고 있다면 어쩌지?' 하는 두려움으로 몸서리치며 그동안 갈고 닦은 태권도 실력이라도 보여줘야 하나 생각하며 현관으로 조심스럽게 발을 들였다.

복도 끝 부엌 쪽에서 인기척이 났다. 젊은 프랑스인 부부가 우리와 마주쳤고 그들 역시 우리를 보고 놀란 기색이 역력했다. 급하게 누군가 부르는 듯하더니 곱게 차려 입은 할머니 한 분이 부엌문 뒤에서 나오셨다. 바로 몇 시간 전까지만 해도 이 집의 주인이셨던 마담 앙리오 할머니였다. 그녀는 양로원에서 지낸 5년 동안 매주 금요일이면 집을 돌봐주던 프랑스 부부와 함께 집에 들르셨다는 이야기를 듣게 되었다.

우리가 집주인이 되던 그날이 바로 2013년 10월 4일 금요일이었다. 천만다행히 도둑이 든 게 아니라 놀란 가슴을 쓸어내리며 나는 할머니와 정식으로 인사를 나누었다. 할머니는 집이 팔린 것을 잘 이해하지 못하신 듯, 우리를 집에 찾아온 손님인양 집 안 이곳저곳을 구경시키며 친절하게 설명해주셨다. 이야기를 듣는 내내 가슴 한쪽이 뭉클해졌다. 집에 대한 할머니의 사랑과 애정이 말씀 한마디마다 녹아 있었다. 우리 일행은 나중에 다시 오겠다는 인사를 건넨 채 잠시그 자리를 떠나 동네 구경을 나섰다. 할머니에게 집과 이별할 충분한 시간을 드리고 싶었다.

오후 늦게 집으로 다시 돌아왔을 때, 할머니는 차에 올라 계셨고 젊은 부부는문을 잠그고 떠날 차비를 하고 있었다. 그때 창문 너머로 보이는 마담 앙리오의얼굴을 잊을 수가 없다. 할머니는 좀 전에 봤던 우리를 못 알아보시고는 무표정한 얼굴로 멍하니 앉아 계셨다. 나중에 할머니의 아들로부터 들은 이야기로는할머니가 치매를 앓고 계셨다고 했다. 갖고 있던 여유분의 열쇠로 집에 들어오신 건데, 그때까지도 할머니는 당신의 집이 팔렸다는 걸 모르고 계셔서 마지막서명도 늦추어진 것이라고 했다. 안타깝게도 할머니는 집이 팔리고 5개월 후세상을 떠나셨다는 소식을 파리에 사는 그녀의 손자로부터 들을 수 있었다.

—— 처음이자 마지막으로 만난 전 주인 할머니. 그녀의 눈빛에서 집에 대한 애정을 알 수 있었다.

1850년부터 건축을 시작해 1857년에 완성된 이 집은 그때부터 아홉 번 주인이 바뀌었다. 마담 앙리오 부부는 1970년대 후반에 이 집으로 이사 온 여덟 번째 주인으로 가장 오랜 시간 이 집을 소유한 분들이었다. 거의 40여 년의 세월이다. 브리타뉴에서 하던 사업을 정리하고 이사를 오셨다는 이야기를 전해 들었다. 아마 지금의 내 나이와 비슷하셨던 것 같다. 방학 때면 손녀와 손자들로 시끌벅적하던 반평생의 시간 동안 정들었던 집을 팔아야 한다는 게 얼마나 마음 아프셨을지 짐작이 간다. 나라도 그랬을 것이다. 전 주인 할머니와 첫 인사이자 작별 인사를 동시에 한날 괜히 마음이 편치 않았다. 우리가 이 집의 아홉 번째 주인이 되었지만 언젠가는 할머니처럼 이 집을 떠나야 할 때가 올 것이라는 걸 알기 때문이다.

앙토앙

10월의 둘째 주, 지나는 자동차를 거의 볼 수 없는 시골길을 달리는 상쾌한 마음은 프랑스 시골에서 운전해본 사람만 알 수 있다. 서울, 샌프란시스코, 멜버른과 같은 복잡한 도시에서만 살아본 나는 털털거리며 달리는 경운기, 영화의 트랜스포머를 연상시키는 콤바인과 트랙터를 만나는 일조차 신기했다. 뒤따라오는 자동차를 배려해 길 옆으로 비켜주려 애쓰는 프랑스 농부들의 훈훈한 인심, 울타리 밖으로 머리를 내밀고 쳐다보던 소들에게 '음메에~~~' 하고 짓궂게 소리를 내보는 일, 여기서 앞으로 내가 살아가야 한다는 일, 은퇴 후 프랑스 시골에서 살기로 결정한 일, 모든 것이 마음에 들었다.

연로하신 마담 앙리오를 대신해 멀리서 아들이 짐을 정리하러 올 거라는 이야기를 부동산 아저씨 제임스가 해주었다. 내가 집의 열쇠를 가지고 있기에 전주인 할머니의 아들이 짐을 정리하러 오는 날 나도 집으로 갔다. 얼마 뒤면 호주로 돌아가야 하기에 앞으로의 집 공사에 어떤 게 필요할지 실측도 해보아야 했다. 앙토앙Antoine은 60대 후반으로 보이는 키가 작고 몸집이 왜소한 사람이었다. 나의 짧은 프랑스어와 앙토앙의 짧은 영어 몇 마디로 우리는 그럭저럭 의사소통을 해가며 같은 집에서 서로의 할 일에 열중하고 있었다. 앙토앙은 자신의 어머니 짐을 정리했고, 나는 여러 방들을 옮겨 다니면서 크기를 재고, 어떻게 공사를 할 것이며, 어떻게 집을 꾸밀지 궁리했다.

그런데 갑자기 앙토앙이 나를 다급히 불렀다. 나는 무슨 일이라도 벌어졌나 싶어 급하게 소리가 나는 곳으로 달려갔다. 앙토앙의 목소리가 들린 3층 방으로 올라가자 앙토앙은 내게 보여줄 것이 있다고 했다. 앙토앙은 이 집에 비밀의 방이 있다며 방문 옆에 있던 커다란 옷장을 한쪽으로 힘껏 밀어냈다. 처음 집을 보러왔을 때 이상한 위치에 세워져 있어 의아했던 바로 그 옷장이었다. 옷장을 밀어내자 그 뒤에 문 하나가 나타났다. 한 평도 채 안 될 듯한 크기의 작은 공간으로, 방의 한쪽 구석에 가벽을 세워 가족이 아끼는 보물을 숨겨놓은 비밀의 방이 있었다. 그곳에서 앙토앙은 은식기와 그릇들, 커다란 포셀린 도자기들을 하나씩 꺼내기 시작했다. 앙토앙은 살짝 흥분하여 프랑스 말로 도자기들에 대해 설명하기 시작했다. 내가 잘못 알아듣는 걸 알아챈 그는 다시 천천히 말을 했다. 그 도자기들은 그의 아버지가 만든 작품이라고 했다. 커다란 접시 뒤에는 실제 '앙리오Henriot'라는 각인이 있었다. 앙토앙 역시 짐을 정리하며 가족의 역사가 담긴 추억들이 새록새록 떠오르는 듯 싶었다. 나중에 알게 된 사실이지만 '앙리오 도자기Henriot Quimper'는 오랜 역사를 가진 브리타니 주의 캄페어Quimper 도시에서 시작된 도자기로 많은 수집가들에게 사랑받는 도자기 중 하나였다.

이후로 나는 2주일을 숙소와 시골집을 오가면서 보냈다. 앙토앙 역시 집과 숙소를 오가며 계속 짐 정리를 했다. 그의 어머니가 오랜 시간 동안 정리하지 않은 것에 불평을 하면서 많은 것들이 쓰레기로 버려졌고, 가족들이 챙겨갈 몇몇 물건들을 제외하고는 모두 경매장으로 보내진다고 했다. 사실 나는 그 집에 있던 몇몇 가구를 구입하고 싶다는 의사를 제임스를 통해 전했다. 하지만 워낙 가격을 비싸게 책정해서 선뜻 구매할 수 있는 물건이 없었다. 나중에 들은 이야기로는 그렇게 큰 집을 산 외국인이기에 물건 값을 일부러 비싸게 불렀을 것이라고 했다.

하루는 큰 트럭을 몰고 물건을 실으러 경매장 사람들이 방문했다. 하나씩 가구가 밖으로 이동될 때 앙토앙이 나에게 3층 방에 있는 침대와 라디오를 구매할 의사가 있다면 싸게 주겠다고 말했다. 나도 꽤 마음에 드는 물건들이었지만, 터무니없는 가격에 망설이고 있던 차에 처음과 달리 싼 가격으로 물건을 살 수 있었다. 앙토앙의 마음이 바뀐 이유가 무거운 가구들을 3층에서 1층까지 옮기는 일도 만만치 않았기 때문이라는 사실을 알게 되었지만, 아무튼 그때 구매한 침대와 라디오를 지금도 우리집에서 잘 사용하고 있다.

짐 정리는 꼬박 2주 동안 이어졌고 그때마다 집은 점점 텅 비어갔다. 파리 근교에 살고 있던 손자가 마지막으로 짐을 가져가기 위해 들렀고, 그것을 마지막으로 전 주인의 짐들이 모두 비워졌다. 커다란 액자를 떼어낸 자리에는 그대로 얼룩이 남았고, 가구가 나간 자리의 바닥은 금방이라도 땅으로 꺼질 듯 내려앉아 있었다. 얼룩 투성이의 벽지와 먼지, 거미줄뿐만 아니라 비워진 자리에서 더 선명하게 보이는 검은 곰팡이들, 습기 때문에 벽에서 떨어진 벽지들은 마치 폐허가 된 집을 방불케 할 정도로 한심 그 자체였다.

그러나 당장 내가 할 수 있는 일은 없었다. 그런 집을 뒤로 한 채 대문을 잠그고 나오는 발걸음이 가볍지 않았다. 앞으로 해야 할 많은 일들이 머릿속에서 어지럽게 엉켜 있었다. 혼자 주문을 외우듯 '닥치면 뭐든 하지 않겠어!'라는 말을 내뱉고 숙소로 돌아가는 길에 본 석양이 너무나 아름다워 눈물이 절로 났다. 갑자기 말로 표현할 수 없는 두려운 감정이 북받쳤다.

—— 언제 찍었는지 모르는 오래된 사진 한 장을 이웃인 샹탈이 나에게 선물로 주었다.

A la recherche d'une maison

샤토 에쉬레

처음 우리가 집을 샀을 때만 해도, 우리집이 샤토인지 몰랐다. 부동산 아저씨 제임스가 '*마스터의 집 Maison de maître'이라고 했기 때문이다. 어느 날 우리는 마을의 또 다른 샤토의 주인들을 만나게 되었다. 10여 년 전 영국에서 프랑스로 이사 온 가족이었는데, 그들도 처음 집을 살 때는 마스터의 집으로 알고 샀다고 했다. 그들은 집의 역사를 찾다가 인터넷에서 우연히 오래된 우편엽서(옛날에는 중요한 건물 등을 우편엽서로 만들었다고 한다)를 찾았는데, 그 엽서를 통해 그들의 집이 한때 샤토로 불리었다는 사실을 알았다고 했다. 마을 이장님에게 건의해서 샤토 이름을 되찾았고 이정표와 거리 푯말도 받았다고 했다.

그들의 도움 덕에 신기하게도 우리집의 옛날 우편엽서도 찾을 수 있었다. 그 엽서에는 또렷하게 '샤토 데 에쉬레Château des Echerets'라고 표기되어 있었다. 참으로 아름다운 이름이다. '내가 정말 샤토의 주인이 된 것일까?' 우리집이 한때 샤토로 불리었다는 것은 새로운 발견이다. 하지만 이 집이 작은 고성이었든 그냥 마스터의 집이든 아니면 평범한 시골 농가였든 그런 건 중요하지 않다. 샤토의 이름을 되찾을 생각도 아직은 없다. 우리에게 가장 중요한 것은 어떻게 하면 집을 제대로 보수해서 사는 동안 불편하지 않을까 하는 데에 있다. 또한 언젠가 우리가 이 집을 떠나더라도 튼튼히 남아서 오랜 세월을 버틸 수 있기를 바랄 뿐이다. 우리는 다음 세대를 위해 잠시 집을 지켜주는 보호자일 뿐이라는 생각을 해본다.

---

* **마스터의 집**Maison de maître 17~19세기에 주로 건축된 마을의 부유층이나 시골 지주들의 집을 말한다. 집 안 구조의 특징은 천장을 높게 건축했고, 중앙 복도를 중심으로 층마다 4개의 방이 있다. 벽의 두께는 1m 정도가 보통이며, 모든 방에 대리석 벽난로가 설치되어 있다. 응접실은 손님을 맞이하는 공간으로서 가장 화려하게 치장되어 있고, 커다란 창문이 현관을 중심으로 양쪽으로 대칭이 되도록 건축했다.

DEUX

Début
de la rénovation

리노베이션의 시작

굳게 닫혀 있던 대문이 하루 종일 열려 있고,
늘 조용하던 집에서 뚝딱 거리는 망치소리, 톱질하는 소리, 벽 뚫는 소리,
여기저기서 내 이름을 끊임없이 부르는 소리가 아침부터 저녁까지 멈추지 않았다.
전기 배선의 위치를 어떻게 할 것인지,
목욕탕의 배수 파이프는 어떻게 설치하면 좋을지, 페인트 색은 맞는지 등등
그 밖에 많은 것들을 묻는 사람들과 하루 종일 전쟁을 치러야 했다.

낡은 집 고치기 프로젝트

인테리어 전문가들이 알면 비웃을 수도 있는 일이지만, 구체적인 계획도 없이 도면이라고는 내가 대충 그린 것만을 가지고 '프랑스의 낡은 집 고치기 프로젝트'가 시작되었다. 집을 고치는 데 중점을 둔, 나의 가장 큰 사명은 가족들이 안전하고 편안하게 쉴 수 있는 집으로 만드는 것이었다. 집이란 온기와 친숙함으로 가족을 감싸주어야 하는 곳으로 스트레스가 없는 행복한 곳, 가족들의 개인 보물로 가득 차 있는 곳이어야 한다고 늘 생각했다. 나는 이제 커다란 낡은 집을 개조하는 공사장의 책임자가 되었다. 지금부터 나는 가족의 필요에 따라 약간의 개조 공사를 하고, 그동안 손보지 않아 훼손된 곳들을 먼저 복원하는 일들을 진행해야 한다.

5년간 거의 방치된 채 비워져 있던 집을 보수, 개조 공사를 하는 것은 보통 일이 아니었다. 공사 분량은 물론, 공사 기간과 비용도 만만치 않았다. 가끔 책이나 잡지에서 프랑스에 집을 구매하고 공사를 한 사람들의 울지도 웃지도 못할 에피소드를 읽은 적은 있지만, 그런 일은 그저 남의 일이겠거니 하고 생각했다. 그냥 무엇이든 할 수 있다는 긍정적인 생각 하나만 갖고 시작한 일인데다 언제나 일 벌리기를 좋아해 가만히 있지 못하는 성격의 나는 처음에는 별로 걱정하지 않았다. 닥치면 잘 할 수 있으리라는 배짱이 있었기에 용감하게 시작할 수 있었던 것 같다.

계약서에 서명을 하고 열쇠꾸러미를 전해 받았을 때만 해도 세상을 다 얻은 기분이었고, 프랑스에 집이 생겼다는 생각에 앞으로 어떤 일들이 나를 기다리고 있을지 상상조차 하지 못했다. 지금은 시간을 되돌려 다시 공사를 할 수 있다면 더 잘 할 수 있을 텐데 하고 생각해본 적도 적지 않다. 철학자 키에르케고르가 그런 말을 하지 않았던가. 인생이란 지나간 다음에야 이해할 수 있는 것이라고….

이제부터 시작이다!
프랑스의 낡은 집을 사서 내 맘대로 고치고,
원 없이 장식해보겠노라는 나의 꿈을 한 가지씩 실행에 옮기기로 했다.

공사 준비

10월 말이 되어가는 시골의 밤은 스산했다. 텅 빈 집은 난방도 되지 않았고, 가구라고는 전 주인에게서 산 3층의 침대 하나와 부엌에 두고 간 의자 하나가 전부였다. 폐허에 가까운 넓은 공사 현장에 덩그러니 혼자 있다는 것은 누가 봐도 이상한 일이다. 프랑스에 아는 사람이라고는 우리 가족이 묵었던 숙소의 주인 부부가 전부였고, 그때까지도 마을 이웃들과는 제대로 인사도 못한 처지였다. 아는 사람도 없는 곳에서, 그 나라 말도 제대로 못하면서, 가족들이 살고 있는 호주에서 지구 반 바퀴를 돌아야 도착하는 프랑스에다 집을 사고, 집수리를 해야 하는 이 모든 일들을 다들 무모한 짓이라고 생각했다. 내 부모님과 친구들은 나이 오십이 되어 무슨 미친 짓이냐며 나를 한심스럽게 생각했다. 호주에서 한국을 경유해 프랑스까지 꼬박 이틀이 걸리는 거리를 1년에도 몇 번씩 오가야 했지만 그래도 나는 신이 났다. 죽기 전에 내가 하고 싶었던 일, '낡은 집을 사서 내 마음대로 고쳐보기'와 프랑스 시골로 귀농을 하게 되었으니 매일 춤이라도 추며 날아다닐 듯 기뻤다.

—— 집 계약 후 미국에서 나를 만나러 온 친구 캐서린과 아무것도 없는 집에서 캠핑 아닌 캠핑을 했다. 동네 앤티크숍에서 사 온 침대 두 개를 설치하고, 소파와 식탁도 하나 장만했다. 그나마 따뜻한 물은 나왔지만 보일러가 고장 난 상태라 추운 10월의 마지막 주를 리빙룸에서 오들오들 떨며 보낸 밤들은 이제 추억으로 남아 있다.

Début de la rénovation

셀프 공사

2014년 4월, 프랑스 시골집의 새로운 주인이 된 지 6개월 만에 우리 식구들은 다시 프랑스로 돌아왔고, 이제부터 본격적인 집수리를 시작하게 되었다. 이번엔 다이닝룸에 임시로 침대와 소파를 들여놓고 집 안에서의 캠핑이 시작되었다. 하지만 이번에도 머물 수 있는 기간이 길지 않았다. 4주라는 짧은 시간 안에 많을 일을 하기에는 무리임을 알고 있었다.

그램과 나는 집 안 구석구석을 살피며 무엇부터 어떻게 공사해야 좋을지를 매일매일 상의했다. 전기 공사도 해야 하고, 부엌과 목욕탕도 공사해야 했다. 정화조를 교체해야 하는 일도 급선무였다. 공사를 맡아줄 전문가뿐 아니라 도와줄 사람도 절실했지만 프랑스 시골에서 공사를 잘 해줄 사람을 구하는 일도 만만치 않은 일이었다.

일할 사람들을 구하는 동안 일단 우리가 할 수 있는 일부터 하기로 했다. 그래봐야 벽지를 뜯어내고, 망가진 창문들의 셔터를 수리하고, 페인트를 칠하는 일 정도였다. 남편은 매일 페인트가 다 벗겨진 창문을 사포질해서 수리하기 시작했고, 창문을 보호하고 있던 썩어서 구멍이 난 셔터는 모두 *뮤슈Monsieur 파스칼의 앤티크숍으로 보수를 보냈다. 나는 내내 눈엣가시였던 벽지 떼내는 일부터 시작했다. 벽지를 떼내고 곰팡이 제거와 갈라진 벽 수리를 한 다음에 깨끗하게 페인트를 칠할 생각이었다.

텅 빈 집 안 여기저기를 돌아다니다 보면 한숨이 절로 났다. 언제 이 많은 일들이 끝날지, 끝날 수나 있을지…. 괜히 큰 집을 산 건 아닌지 그렇다고 걱정만 하고 있을 순 없었다. 일단 작은 일부터 처리하면 언젠가 끝이 날 거라는 마음으로 하나씩 시작해나갔다.

---

* **뮤슈**Monsieur 프랑스에서 남성에 대한 높임말로 영어의 미스터Mr와 같다.

벽지와의 전쟁

복도, 부엌, 거실, 목욕탕 옆 옷방까지 온통 벽지가 붙어 있었다. 벽은 물론 천장과 붙박이장 문까지 벽지로 모두 도배가 되어 있었으니 집은 어지러울 정도로 온통 알록달록한 상태였다. 울퉁불퉁한 회벽을 매끈하게 보이도록 하려면 그럴 수밖에 없었겠지만 정도가 심하다는 생각이 들었다. 게다가 벽지는 어느 한 곳 성한 데가 없었다. 빗물이 새어 벽을 타고 내려온 물로 얼룩진 곳들과 겉으로 보기에는 멀쩡한 듯한 방의 벽지도 뜯어내면 어김없이 회벽에 검은 곰팡이로 뒤덮여 있었다. 오랫동안 환기를 시켜주지 않았고, 난방조차 안 된 겨울에 찬 습기가 찼기 때문이었다.

마지막엔 벽지를 뜯고 뜯다 지쳐서 지금의 리빙룸과 서재는 벽지 위에 그냥 페인트를 칠해버렸다. 그나마 최근에 도배한 듯 꼼꼼히 붙여져 있던 벽지에 시험 삼아 페인트를 칠해보았는데, 벽지가 들뜨지 않고 페인트가 잘 먹었다. 덩실덩실 춤이라도 추고 싶을 만큼 행복했다. '행복이란 이처럼 작은 것에서도 찾을 수도 있구나'라는 생각이 들기도 했다. 그렇게 벽지와의 전쟁이 서서히 끝나가고 있었다.

—— 창문들의 오래된 페인트칠을 벗겨내고, 사포질을 하느라 여념이 없는 그램.

—— 나는 벽지 뜯어내기를 해본 적이 없었기에 인터넷을 뒤져 방법을 찾았고, 분무기에 미지근한 물을 넣어 스프레이 한 후 천천히 뜯어내야 했다. 그런 다음 곰팡이 벽은 일단 세제로 씻어내고 다시 닦는 청소하기를 무한 반복했다. 하다 보니 요령마저 생겨 벽지 뜯는 전문가가 된 듯 했지만, 사실 이젠 벽지라면 쳐다보기도 싫다.

전기 공사

두꺼비집도 없이 전기를 사용하고 있는 집이 있다는 걸 처음 알았다. 여기저기 거미줄처럼 늘어져 있던 전기선도 모두 벽 안으로 묻어야 했고, 무엇보다 모든 전기를 한곳에서 통제하고 안전하게 차단할 수 있는 두꺼비집을 설치해야 했다.

하나와 폴의 소개로 전기 공사를 맡아줄 존을 만났는데, 영국인인 존은 프랑스에서 정식으로 전기기술자로 등록된 믿을 만한 사람이라고 했다. 짐짓 60은 된 듯한 존은 말수가 없어 사교적으로 보이지는 않았다. 하지만 '뭐, 일만 잘하면 되지!' 하는 생각에 존에게 전기 공사를 맡기기로 결정했다. 커다란 호텔 공사며 건물 공사도 많이 해봤다는 그는 우리집 정도의 공사는 문제가 아니라고 장담했다. 그러나 존은 우리집 공사를 다 마치지도 않고 사라진 첫 번째 사람이 되었다.

집을 구매한 그 해 겨울인 11월부터 시작한 전기 공사, 6주면 모든 공사를 마칠 수 있다고 장담한 존은 다음 해 봄이 되어 우리 가족이 다시 프랑스로 돌아갔을 때까지도 공사를 다 끝내지 못하고 있었다. 공사를 맡은 이후 바로 무릎 수술을 해서 지하실에서 3층까지 오르락내리락 하는 것이 무리였다는 변명을 늘어놓으며, 우리가 머무는 4주 동안 모든 일을 끝내겠다고 했지만 그것도 결국은 지키지 못한 거짓말이었다.

하루는 집 안의 모든 전등이 깜빡이기 시작하더니 잠시 후 모든 전기가 끊기는 상황이 벌어졌다. 목욕탕 증축과 화장실 공사를 하던 중이었는데, 전기가 끊겨 모든 공사가 중단되었다. 다른 공사들 역시 뒤로 미룰 수 없었기에 프랑스 전기회사에 임시 전기라도 신청하자는 제안을 할 정도였다. 그러나 이런 상황에서 존은 아무리 연락해도 나타나지 않았고, 연락두절이 된 며칠 후 그로부터 등기우편 한 통이 도착했다. '집 안의 전기 상태가 매우 위험하기 때문에 더 이상 공사를 할 수 없다'는 내용이었다. 아니 이렇게 만든 게 누군데, 전기 상태가 위험하면 전문가인 자신이 고쳐야지 누가 이 상황을 해결하라는 건지 상식적으로 이해할 수 없는 상황이었다.

나의 인내심은 바닥까지 떨어진 상태였고, 더 이상 참을 수가 없었다. 그러나 다른 사람이 하던 전기 공사를 맡아서 끝내줄 사람은 아무도 없었다. 어떻게든 존이 공사를 마무리하게끔 해야 했다. 그러나 존은 끝내 공사를 마치지 못하고 바람처럼 사라졌다. 이미 공사비를 다 지불한 상태였고, 우리가 법적 대응을 하더라도 많은 비용과 오랜 시간이 걸린다는 것을 존이 악용한 것이다.

지붕 공사

집 공사를 위해 머물렀던 4월 한 달 동안 유난히 비가 많이 내렸다. 어떤 날은 복도가 흥건히 젖어 있기도 했다. 도대체 어디서 물이 새고 있는지 의문이었다. 하루는 장맛비처럼 비가 끊임없이 내렸는데, 3층 천장에서 물이 떨어지기 시작했다. 꽤 많은 양의 물이 비처럼 떨어졌다. 나는 호들갑을 떨면서 아래층에 있는 남편을 불렀다. 문제는 3층 천장에 금이 가 있었는데, 그곳에서 집안으로 빗물이 그대로 새어 들어오는 것이었다. 지금 당장 지붕 수리는커녕 일단 견적이라도 받아보려 해도 보통 몇 주는 기다려야 하는 것이 프랑스 시골의 현실이라 집 안으로 새는 물을 바라만 보며 난감함에 빠져 있었다.

지붕은 망사드^{Mansard} 형태로 첫 번째 지붕은 3층 방의 벽으로 되어 있고, 그 위에 또 하나의 지붕이 올려져 있는 형태. 벽에는 작은 창문이 지붕으로 돌출된 구조다. 지붕까지 올라가 문제를 정확히 파악하려면 높은 사다리차가 필요했다. 며칠을 기다려 임대 사다리차가 배달되었고, 사다리차를 타고 오르락내리락 하며 물이 새는 근원지를 찾아보니 지붕 창문 위쪽으로 커다란 구멍이 나 있었고, 그 구멍을 통해 물이 들어오고 있었다.

우여곡절 끝에 지붕을 수리해줄 업체를 찾았고, 길어지는 공사에 지쳐갈 즈음 건물 앞쪽의 지붕 공사가 완성되었다. 여태 해온 인테리어 공사비에 맞먹는 큰 금액을 지붕 공사비로 지불하고 이제 비가 와도 걱정 없을 거라고 생각한 건 나의 착각이었다. 이번에는 새로 교체한 창문 틈으로 물이 새기 시작해 창문들을 다 뜯고 방수 공사를 다시 해야 했다. 불어를 못하기에 프랑스 회사가 아닌, 말이 통하는 영국인들이 운영하는 회사를 선택한 나의 불찰도 인정해야 했다. 우스갯소리지만 영국 업자들은 영국해협을 건너오면서 그들의 인생을 재창조한다는 말이 있다.

작은 일을 하던 전기공이 큰 공사를 맡아왔던 것처럼 부풀리고, 공사장 인부로 일했던 사람들이 건축회사 사장으로 변신하고, 그저 자신과 친구들의 차를 좀 고치던 사람이 유능한 자동차 정비공으로 탈바꿈해 프랑스에 도착한다는 것이다.

지난해 봄 우리가 다시 프랑스로 돌아왔을 때, 3층 방에선 곰팡이 냄새가 코를 찔렀고 벽 구석에는 이름 모를 버섯까지 자라고 있었다. 방수 공사까지 마무리했던 벽과 창문 틀 위로 또다시 물이 새고 있었다. 거액의 공사비를 지불하고 공사를 한 지 3년도 안 된 지붕에 다시 문제가 생긴 것이다. 10년 동안 사후처리를 보장하는 공사업체에 책임을 묻는 일도 쉽지 않았다. 전문가가 시찰을 나와야 하고, 그 비용은 우리 부담이었다. 끝이 안 보이는 보수 공사와 사고처리에 괜히 프랑스에 낡은 집을 산 건 아닌가, 은퇴가 아니라 집의 노예가 된 건 아닌가 하는 후회를 한 적도 많았다.

정화조 공사

5월이 되자 남편과 조이는 호주로 먼저 돌아갔다. 다시 나 혼자 빈 집에 남게 되었다. 정화조 공사도 해야 했고, 전기 공사로 파헤쳐진 1층 복도의 벽 공사도 마무리해야 하는데, 마침 운 좋게 공사해줄 사람을 찾은 터라 공사를 조금이라도 더 하고 돌아가려는 생각이었다.

전기공 존이 망쳐놓은 벽들을 새롭게 공사해줄 스티브는 프랑스 인부들과 함께 일하는 영국에서 온 젊은 건축업자로 어렸을 때부터 프랑스에서 일한 덕분에 불어도 능통했다. 그는 번개를 맞아 반쪽이 된 집도 고쳐놓았고, 프랑스에 집도 지어봤다며 당당하게 자신의 경력을 늘어놓았다. 사실 내 눈으로 그가 한 일들을 직접 확인까지 했으니 '이번에는 정말 좋은 일꾼들을 만났다'고 호주로 돌아간 남편에게 떠벌리기까지 했다. 복잡하기로 소문난 정화조 설치 문제로 막막해하던 나에게 스티브는 일사천리로 처리해주었다. 가뭄에 단비를 만난 것처럼 기뻐한 나는 남은 공사들도 스티브에게 맡기기로 결정했다. 2층에 하나뿐인 목욕탕을 2개로 증축하는 대공사와 1층 샤워실 공사, 집으로 들어오는 진입로에 작은 돌을 까는 단순한 일까지 모두 그에게 맡겼다. 스티브와 그의 인부들은 일을 맡기는 족족 뭐든 잘 처리해주었다. 이제야 제대로 된 사람들을 만났다는 안도감이 들었다.

그렇게 한 달이 훌쩍 지나갔다. 마지막 남은 안방의 목욕탕 공사가 마무리될 즈음 나는 스티브에게 뒷일을 맡기고 호주로 돌아가려던 참이었다. 직접 공사를 감독할 수 없으면 하던 일을 중단시키는 게 좋다는 몇몇 사람들의 조언을 무시하고, 스티브가 지금까지 사고 없이 열심히 잘 해주었기에 빨리 공사를 마무리하고 싶은 마음으로 모든 것을 스티브에게 맡기고 호주로 돌아왔다. 프랑스로 완전한 은퇴를 한 게 아니었기에 조이의 학교 문제가 늘 마음에 걸렸고 남편의 회사 문제도 신경 써야 했다.

—— 프랑스 시골집은 집주인이 바뀌면, 친환경적이지 않은 낡은 정화조 공사를 1년 안에 완료해야 한다. 그렇지 않으면 벌금이 부과된다. 먼저 사전조사 업체에 의뢰를 해 도면을 작성하고, 행정기관에 제출해 허가를 받는다. 도면이 새로운 법규정에 맞는지 심사를 거쳐야 하며 여기까지 적어도 3개월 이상 걸린다. 허가가 나와야만 공사를 시작할 수 있다. 공사를 마치기 전에 마지막 점검 과정을 거쳐야 공사를 마무리할 수 있고, 그래야 정화조 공사가 친환경적이라는 증명서를 발급해준다.

스티브

7월 초, 스티브로부터 이메일이 한 통 왔다. 공사 중인 사진 몇 장이 첨부되었고 그에게 맡겨놓고 온 공사가 어느 정도 마무리되어 간다는 이야기도 전달 받았다. 어느 정도 안심이 되었다. 그러고는 한동안 연락이 없다가 갑자기 연락을 해온 스티브! 이제 공사가 끝났으니 마지막 공사비를 바로 보내달라고 요구했다. 그런데 서둘러 잔금까지 요구하는 것이 왠지 이상했다. 그가 추가로 보내준 사진들을 자세히 살펴보았더니 뭔가 이상하다는 생각이 들었다. 직감이랄까, 자꾸 이상한 기분이 드는 것을 떨칠 수 없었다. 나는 서둘러 남편에게 다시 프랑스 집으로 가봐야 할 것 같다고 말했다. 프랑스에서 돌아온 지 겨우 3주밖에 되지 않았지만 마지막 공사비를 스티브에게 직접 전달하면서 집의 수리 상태를 확인해야겠다고 생각했다. 그렇게 또다시 프랑스행 비행기에 몸을 실어야 했다.

공사비를 받는 즉시 여름휴가를 떠날 계획이라고 말했던 스티브는 파리와 우리집 중간 즈음의 약속장소로 가족들과 함께 나와 있었다. 나는 공사 대금을 전해주고는 가족들과 즐거운 휴가 잘 보내라고 애정 섞인 인사를 나누었다. 그것이 스티브를 마지막으로 본 기억이다.

오가는 차량이 드문 늦은 밤, 가로등조차 듬성듬성 몇 개 비추어줄 뿐인 칠흑처럼 깜깜한 시골길을 달렸다. 장거리 비행에 피곤할 법도 하련만 다시 집으로 돌아왔다는 설레는 마음으로 자정이 다 되어서야 집에 도착했다. 피곤함도 잊은 채 말이다. 하지만 현관문을 열었을 때 눈앞에 펼쳐진 광경에 나는 입이 다물어지지 않았다. 1층 복도에는 공사가 끝나면 창고에 넣어두라고 부탁했던 잡다한 물건들이 어지럽게 나뒹굴었다. 그리고 바닥은 진흙투성이었다. 새로 사들여놓은 거실 소파에도 진흙이 잔뜩 묻어 있었다. 순간 화가 머리끝까지 치솟았다. 이렇게 남의 집을 쓰레기장처럼 만들어놓고 태연히 휴가를 떠나다니…. 이미 스티브의 전화기는 꺼져 있었고 배신감과 섭섭함, 그리고 난감한 생각들이 교차해 지나갔다. 바닥에 주저앉아 이 상황을 남편에게 어떻게 전해야 할지 고민하고 있는 나 자신이 한심스러웠다. 프랑스로 날아올 때만 해도 공사 현장을 직접 확인한 후 잔금을 주겠다고 자신만만해하던 내 모습은 오간 데 없이 그저 땅바닥으로 꺼져드는 한숨만 내쉬고 있었다.

왜 이런 일들이 자꾸 일어나는 것인지…. 이 일을 도대체 어디서부터 어떻게 해결해야 할지 걱정스러운 마음에 밤을 꼴딱 새고 말았다. 태양이 집 안 곳곳을 비추는 아침이 되자 스티브의 만행은 여러 곳에서 드러났다. 공사 자재를 사라고 미리 준 돈마저 떼먹은 건지 부탁한 자재들은 보이지도 않았고, 온갖 쓰레기들이 뒤뜰에 잔뜩 묻혀 있었다.

나의 원대한 꿈이 서서히 악몽으로 바뀌기 시작했다.

한밤의 홍수

다음 날, 하루 종일 엉망이 된 집 안의 먼지와 진흙을 치우며 대청소를 하다가 자정이 다 됐을 무렵 거실 소파에 기댄 채 그대로 잠이 들었던 것 같다. 저녁까지만 해도 맑은 날씨였는데, 비가 오는 듯한 소리에 놀라 잠에서 깼다. 현관문을 열고 밖을 내다보았지만 정원에는 비가 오지 않았다. 한여름 밤의 시골 하늘은 보석을 뿌려놓은 듯 수많은 별들로 눈부시게 반짝이고 있었다.

'이 물소리는 어디서 나는 걸까?'

집 안 공기는 차가웠고, 거실의 등마저 켜지지 않았다. "전깃불이 왜 안 들어오지? 자고 있는 동안 무슨 일이 있었나? 혹시 내가 지금 꿈을 꾸고 있는 건가?" 계속해서 들려오는 물소리를 따라 복도 안쪽으로 걸어가며 혼자서 중얼거렸다. 두려움과 불안한 기운이 한꺼번에 몰려왔다.

물소리는 부엌 쪽으로 갈수록 점점 크게 들려왔고, 바로 그 순간 발 밑에서 차가운 물이 튕기듯 밟혔다. 부엌의 전등도 켜지지 않았다. 손전등의 희미한 불빛이 부엌을 비추자, 차마 눈을 뜨고 볼 수 없는 광경이 나타났다. 부엌 한쪽 천장이 내려앉은 것이다! 내려앉은 천장 사이로 물이 아래로 쉼 없이 쏟아져 내리고 있었다. 기가 막힌 상황에 아연실색한 나는 어떻게 해야 좋을지 아무 생각도 떠오르지 않았다. 이러다 집이 다 무너질 수도 있겠다는 불안이 온 몸을 휘감았고 정신을 차려야 했다. 호랑이에게 잡혀가도 정신만 차리면 된다고 하지 않았던가. 이 상황에서 내가 할 수 있는 일이 무엇인지 빠르게 생각해냈다. '그래, 일단 집으로 들어오는 수도를 차단해야 한다!' 나는 생각이 끝나기가 무섭게 지하실로 달려갔고, 그곳의 수도관 밸브들을 하나씩 잠근 후 다시 부엌으로 돌아왔다. 하지만 부엌 천장에서 떨어지는 물은 멈출 줄 몰랐다.

어둠 속에서 남편 그램에게 전화를 걸었다. 전화기를 잡은 손이 덜덜 떨렸다. 처음 겪는 일인지라 너무나 겁이 나고 무서웠다. 남편과 통화하면서 터진 눈물은 좀처럼 그칠 수가 없었다. 프랑스에서 아는 사람이라고는 폴과 하나 부부가 전부였기에 염치를 무릅쓰고 새벽 3시가 조금 넘은 시간임에도 그들에게 전화를 걸었다. 폴은 집으로 들어오는 수도계량기부터 찾아서 잠가야 한다고 말했다. 나는 전화를 끊자마자 마당 끝 대문 옆에 있는 수도계량기 쪽으로 쏜살처럼 달려갔다. 아직도 밖은 깜깜했고, 그 무거운 콘크리트 뚜껑을 어떻게 열었는지 기억조차 없다. 1m나 되는 구덩이 안쪽에 있는 수도계량기에 필사적으로 손을 뻗어 밸브를 잠그고 다시 집으로 뛰어 들어왔다. 1시간도 넘게 울면서 동분서주한 끔찍한 밤, 내 인생 최악의 시간이었다. 천장에서 떨어져 집 안 구석구석 흩뿌려져 진한 얼룩을 남긴 진흙물의 정체를 나중에야 알게 되었다. 처음 집을 건축할 때 단열재로 사용되었던 흙이 수돗물을 머금고 계속 떨어졌던 것이다. 만약 물이 멈추지 않았다면 천장이 모두 내려앉았을 거라는 끔찍한 사실도…. 그날 밤에 일어난 일이 꿈이었다 해도 평생 잊을 수 없는 인생 최대의 악몽으로 남을 터였다.

대참사

공사를 하던 인부들이 일을 마치고 돌아갈 때면, 어수선한 집에 혼자 남아 있는 나를 보며 고개를 갸우뚱한 적이 한두 번이 아니다. 정말 혼자 집에 있느냐, 무섭지 않느냐는 질문들을 하곤 했다. 그러다 유령이라도 나타나면 어떻게 할 거냐는 질문에 나는 '유령이 나타나면 좋겠네요. 할 일이 너무 많은데 청소도 시키고, 정리도 시키고, 이것저것 일 좀 시켜야죠.'라는 대답으로 웃어넘기곤 했다. 그런 대범함은 어디서 나오는 건지 이 큰 집에 혼자 남아 공사를 하면서 한 번도 무서웠던 적이 없었다. 그냥 편안했다. 집이 나를 보호해준다는 생각을 가끔씩 하면서 말이다.

홍수가 난 집 안은 공포영화의 한 장면이거나 처참한 전쟁터를 방불케 했지만, 가끔씩 들리는 벌레들의 노랫소리 말고는 시골의 새벽은 쥐 죽은 듯 고요했다. 그때 침묵을 깨고 마당의 자갈길 위를 처벅처벅 걸어오는 발걸음 소리가 들려왔다. 유령과 친구를 하겠다는 나의 패기는 사라지고, 등골이 오싹해졌다. 사람의 발자국 소리가 그렇게 무섭게 들린 적은 처음이었다. 발자국 소리가 멈추자 '쾅쾅!' 하고 현관문 두드리는 소리가 요란해졌다. 이 새벽에 우리집에 찾아올 사람이라니…. 나는 아무 대답도 못하고 그저 숨만 죽인 채 문 두드리는 사람이 어서 되돌아가기만을 바랐다. 그러나 문을 두드리는 소리가 점점 커졌고 결국 나는 어쩔 수 없이 현관문 쪽으로 걸어가며 '누구세요?' 하고 기어들어가는 소리로 물었다. 그러자 문 뒤에서 '경찰입니다!'라는 소리가 들려왔다.

'이 시간에 웬 경찰이 여기까지 온 걸까?' 무섭고 두려운 마음이 가득했지만 선택의 여지가 없었다. 살며시 문을 열자 두 명의 프랑스 경찰과 앞집에 살고 있는 마담 보들레가 함께 서 있었다. 내가 자갈밭 위를 이리저리 뛰어다니며 수도계량기를 찾을 때, 고요한 새벽에 시끄러운 발자국 소리를 이상하게 생각한 마담 보들레가 경찰을 부른 것이다.

경찰관들은 무슨 일이냐고 물었지만 나는 대답을 할 수가 없었고, 나를 따라 부엌에 들어선 그들의 놀란 모습들을 아직도 잊을 수 없다. 그때까지 나는 물이 새는 근원지인 2층에 올라갈 엄두도 못 내고 있었기에 경찰과 함께하고서야 겨우 올라가 보았다. 스티브가 새로 설치한 샤워기와 연결된 온수관이 터지면서 바닥으로 물이 젖어들었고, 바로 아래층 부엌이 대참사의 애꿎은 희생물이 된 것이었다.

—— 희미한 손전등으로 비춘 부엌은
공포영화의 한 장면 같았다.

날이 밝아져 목격한 홍수 현장은 희미한 손전등으로 가늠해서 보던 것보다 훨씬 처참했다. 천장에서 떨어진 흙과 나무 조각, 그리고 벽지들은 바닥으로 떨어져 널브러져 있었고, 부엌 식탁 위에 있던 나의 중요한 서류들은 모두 물에 젖어 알아볼 수 없었다. 160년 만에 처음 속살을 내보인 천장의 서까래는 고대 미라가 발견된 것처럼 낡고 앙상한 민낯을 고스란히 드러내고 있었다. 흙탕물은 부엌 옆 다이닝룸까지 흘러들어가 건축 당시 깔린 떡갈나무 바닥마저 진흙으로 범벅이 되었고, 부엌과 맞닿은 벽까지 물이 타고 내려와 얼룩져 있었다. 만약 내가 프랑스로 다시 오지 않았다면 아마 우리집은 홍수로 허물어지고 말았을 것이다. 분명히 나와 이 집 사이에 보이지 않는 연결고리가 있는 건 아닐까? 이런 참사를 미리 알리고 지켜달라고 집이 나를 다급하게 프랑스로 부른 건 아니었을까?

겨우 정신을 추스르고 보험회사에 연락해 상황을 말했다. 보험회사는 상태를 보고 판단할 직원이 방문하기 전까지는 아무것도 건드리지 말라고 했다. 사고 소식을 접한 이웃들의 말에 따르면, 프랑스에서 보험을 신청해 보상을 받는 건 하늘에 별 따기라며 안쓰러워했다. 젖은 흙이 말라가며 지독한 냄새가 풍겼지만 어쩔 수 없었다. 스티브를 생각하면 화가 나기도 했지만 전쟁터와 같은 현장을 볼 때마다 우리를 주인으로 선택해준 이 집에 대한 미안한 마음이 더욱 커져만 갔다. 이런 이야기를 하면 나를 이상한 사람으로 생각하는 분들도 있을 테지만, 100년도 넘은 이 집은 우리가 선택한 게 아니라, 집이 우리를 선택해서 보호해 달라고 말하는 것처럼 느껴진다. 이게 나의 솔직한 심정이다. 꼬박 두 달 남짓을 기다린 후에야 보험회사 사고담당 전문가가 방문을 했다. 그리고 오래 기다린 보람이 있었는지 보상심사가 원만하게 끝나 운 좋게 모든 공사비를 보상받을 수 있었다. 그러나 또 얼마를 기다리고 어떤 우여곡절을 겪은 후에야 부엌이 완성될까? 아무도 장담할 수 없었다.

—— 날이 밝은 후 부엌의 모습은 더욱 처첨했다. 내 사무실과도 같았던 부엌에 있던 여러 서류들과 공사허가증 등 중요한 종이들이 물난리에 희생양이 되었고, 어떻게든 살려보고자 노력했지만, 모두를 회생시킬 수는 없었다.

—— 이후에도 부엌의 수난시대는 계속되었다. 현재 설치되어 있는 그릇장은 세 번째로 설치한 것이다. 물난리가 나고 6개월을 기
다렸다가 공사를 재개했지만 속까지 완전히 건조되지 않은 벽에 설치한 그릇장이 무게를 견디지 못하고 떨어지는 사고가 두
번이나 되풀이되었다.

가도 가도 끝이 안 보이는 길고 힘든 시간이었다. 끝없이 이어지는 보수 공사와 밑 빠진 독에 물 붓기 격인 공사비용을 감당하는 일은 가슴을 내려앉게 만들었다. 언제 끝날지 모르는 공사와 연이어 터지는 하자들, 그리고 각종 사고 처리로 괜히 프랑스에 낡은 집을 산 것은 아닌가? 때로는 내가 왜 이 고생을 사서 하는지, 집의 보호자가 아닌 집의 노예가 된 건 아닌지 후회하기도 했다. 혼자 남겨진 밤에는 남몰래 눈물을 닦아낸 날도 적지 않았다. 하지만 다음 날 일꾼들이 나타나면 언제 그랬냐는 듯 다시금 마음을 굳게 먹고 공사를 계속 진행했다. 집만 사면 무엇이든 알아서 하겠노라고 남편에게 큰 소리를 친 것에 책임을 지고 싶었다. 그리고 나를 주인으로 선택한 집에 대한 최소한의 경의를 표해야 한다는 생각도 있었다. 지금은 우리 가족이 이 집의 주인으로 살고 있지만 언젠가 우리가 이사를 가게 되면 더 좋은 주인이 나타나 보살펴줄 때까지, 앞으로 100년 정도쯤은 거뜬히 버틸 수 있는 건물로 복원하고 싶은 게 나의 작은 소망이었기 때문이다.

160년이 넘은 낡은 집을 보수하는 데에는 생각보다 많은 시간이 필요했다.
아주 천천히, 어렵게, 때로는 고통스럽게 진행되었다.

가구 구입과 셀프 리폼
2013~2014년

앤티크숍과 벼룩시장에서 구해온 가구들을 하나씩 들여놓고, 공사가 멈춘 저녁에는 가구에 페인트를 칠하며 밤을 보내기도 했다. 마룻바닥 공사와 홍수 때문에 모든 가구들을 다시 철수해야 하는 시행착오를 겪기도 했다.

셀프 공사 진행 모습

2013~2014년

페인트와 필요한 공구, 집 안 살림을 사기 위해 트럭을 몰고, 배를 타고 영국에 다녀오기까지 했는데, 프랑스보다 그리 좋은 조건이 아니라는 사실을 한참 후에 깨달았다. 계단의 원목을 덮고 있던 두꺼운 카펫도 모두 벗겨내고, 벽지와의 전쟁에는 어린 조이까지 힘을 보탰다.

본격 공사 진행, 욕실 공사

2014~2016년

안방 목욕탕과 화장실 증축을 위해 벽을 뚫고, 바닥을 들어내야 했다. 공사장 인부들을 위해 점심을
차려주는 것도 나의 몫이었다.

본격 공사 진행, 지붕 및 셔터 공사

2014~2016년

파스칼이 수리해준 셔터를 페인트칠하고, 벽에 구멍이 나 있던 다락방도 보수 공사를 해야 했다. 본격적으로 시작된 지붕 공사는 엄청난 대공사였다.

본격 공사 진행, 페인팅 및 기타 공사

2014~2016년

물난리로 인해 복구할 수 없을 정도로 상해버린 벽을 새로 다시 만들고, 화장실과 목욕탕 증축을 위해 가벽을 설치했다. 그리고 벽지가 뜯겨나간 자리에는 깔끔하게 페인트칠을 했다.

본격 공사 진행, 가든 조경

2014~2016년

안타까운 일이었지만 정원의 수많은 나무들을 잘랐다. 집 정면을 가린 채 햇볕을 차단하고 있던 나무들을 잘라야 했다.

TROIS

Ma maison en

france

프랑스 우리집

빈티지 애호가

낡은 집을 사서 고치고, 인테리어 디자인을 할 때 가장 중요하게 생각했던 것은 가족들이 편히 지낼 수 있는 공간으로 꾸미는 것이었다. 비싸고 멋져 보이는 가구라도 실생활에 부담을 준다면 무용지물일 뿐, 혹시 때가 타거나 상처가 날까 봐 조심조심 다뤄야 하는 가구와 소품이라면 사용하지 말아야 한다는 게 나의 소신이다. 그렇다고 실용적이기만 하고 아름답지 않은 것 역시 추구하지 않는다. '편하면서 아름다운 공간' 그것이 바로 나의 인테리어 디자인에 대한 철학이다. 얼핏 우리집 인테리어를 보면 비싼 가구나 소품들로 장식되었다고 생각할 수도 있지만, 하나하나 잘 들여다보면 물건들 대부분은 누군가 오래전에 사용했던 앤티크, 빈티지, 중고제품들이다. 나는 오래된 물건들을 좋아한다. 호주 유학시절 처음으로 집 앞이나 주차장에 물건을 진열해놓고, 더 이상 필요 없거나 사용하지 않는 물건을 파는 가라지 세일^{Garage Sale}과 벼룩시장을 경험할 수 있었다. 손때 묻은 살림살이와 광택을 잃은 가구들을 사고파는 모습이 낯설었지만 나에게는 신선한 광경이었다. 그때 이후 나는 가라지 세일과 벼룩시장의 매력에 푹 빠지고 말았다. 먼지가 쌓여 있고, 거미줄이 쳐 있고, 복잡하게 뒤엉켜 있는 물건들 사이에서 무언가 하나를 골라낼 때면 내가 물건을 찾은 것이 아니라, 그들이 내 눈앞에 나타남으로써 보이지 않는 인연의 끈 같은 것이 있다는 생각이 들곤 했다.

처음 프랑스로 집 구경을 왔을 때도 가장 먼저 찾은 곳이 파리의 벼룩시장과 앤티크 마켓이었던 것처럼 나의 앤티크, 빈티지 사랑은 끝이 없다. 파리의 벼룩시장은 전 세계에서 몰려드는 관광객들로 인해 가격이 오를 데로 올라 쉽게 주머니를 열지 못할 만큼 비싸졌지만, 아직 비교적 저렴한 가격을 유지하고 있는 프랑스 곳곳의 시골마을 벼룩시장은 나에게 천국이나 마찬가지다. 액자 모퉁이가 깨지고 페인트가 벗겨져 있는 물건들도 디자인이 마음에 들면 서슴없이 지갑을 연다. 누군가에게 더 이상 쓸모가 없어 버려지거나 헐값에 내다 팔린 물건들에 새로운 생명을 불어넣어 줄 수 있다는 것은 나름 보람된 일이 아닐까! 또한 여기저기서 따로 구입한 물건들이 색다른 곳에서 함께 어우러져 멋진 조화를 이룰 때의 희열감은 뭐라고 표현할 수가 없다.

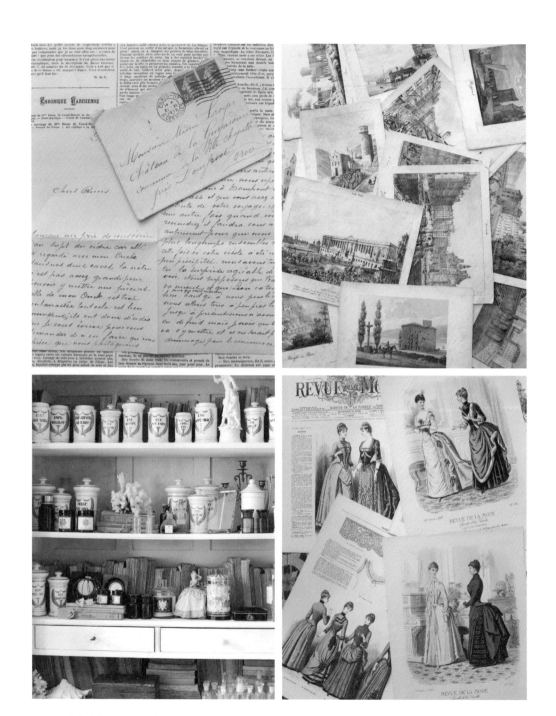

—— 오래된 편지와 1800년도의 패션 프린트, 그리고 한때 약국에서 사용했던 약병들을 수집하고 있다. 누군가에게 사랑을 받았던 물건들은 나에게 새로운 것을 창조해내도록 하는 특별한 영감을 준다.

우리집 인테리어

L'intérieur de ma maison

낡은 집을 보수 공사 하면서 신경 쓴 또 다른 부분은 집의 외관과도 어울리는 인테리어였다. 고성을 산 후 내부를 외관과는 전혀 어울리지 않는 현대식으로 바꾸는 사람들도 많다. 1850년대에 건축된 우리집은 당시 파리의 시장이었던 오스만 남작Baron Haussmann이 파리 도심 전체를 새롭게 재건축해 가고 있을 때 흔히 볼 수 있는 오스만 건축양식과 비슷하게 지어진 건물이다. 외벽은 단단해 보이면서도 섬세하고, 아름다운 조각은 고전적인 분위기의 세컨 엠파이어 시대의(1848~1870년대) 건축양식을 간직하고 있다. 집은 전체 3층으로 지어졌다. 각 층마다 중앙으로 길게 난 복도를 따라 좌우로 나뉘어 있는데, 1층에는 거실, 다이닝룸, 서재, 안쪽 끝에 부엌이 위치해 모두 4개의 방이 있다. 2층에는 3개의 침실과 2개의 목욕탕이 있다. 2단 경사로 지어진 망사드 지붕 아래 위치한 3층은 돌출된 창문 안쪽으로 천장이 꺾인 다락방들이 있고, 경사진 지붕 아래 공간에도 얼마든지 방으로 만들 수 있는 넓은 공간이 숨어 있다. 조이는 이곳을 보고 자신만의 아틀리에로 꾸미고 싶다고 말하기도 했다. 다락방 아틀리에라니 왠지 낭만적이지 않은가? 시간이 허락하면 딸을 위한 아틀리에로 꾸며주고 싶지만 지금은 당장 수리해야 할 것부터 하나씩 처리하는 게 급선무다.

— 스토리가 있을 법한 낡은 물건들을 모두 좋아하지만,
최근에는 루이 15세와 루이 16세 시대의 가구나 소품의
매력에 빠져 있어 집을 장식하는 데 많이 사용했다.

오스만 양식의 건물

오스만 양식의 건물이란. 19세기 나폴레옹 3세 시절 오스만 남작Baron Georges-Eugène Haussmann이 파리 시장이 되어 도시 전체를 새롭게 재건설하면서 지어진 건물을 일컫는다. 런던에서 젊은 시절을 보낸 나폴레옹 3세. 그는 파리의 좁은 길들이 미로처럼 얽혀 있고 전염병이 창궐하는 더러운 거리들의 심각성을 깨달았다. 특히 루브르 궁전과 같은 역사적 건물들이 무질서하게 들어선 건물들에 둘러싸이자 오래 전부터 파리의 재건을 생각해왔고 황제에 오르자마자 그 계획을 실행에 옮겼다.

1853년 오스만 남작을 파리 재건의 총 책임자로 임명하고 1870년까지 약 17년간 도시 정비가 시행되었다. 이때 리볼리 거리Rue de Rivoli를 시작으로 오스만 스타일의 건물들이 지어지기 시작했다. 이들 건물은 '파리의 돌'이라고 불리는 석회암을 잘 다듬어 지은 7층 건물로 3층과 5층은 긴 베란다로 장식되어 있고, 마지막 층은 아연으로 만든 경사진 회색 지붕 또는 망사드 지붕으로 수직 창문이 밖으로 돌출해 있는 것이 특징이다. 건물의 내부는 제약이 없었지만, 건물 외부는 높이와 형태 등 모든 것을 까다롭게 규제했다.

당시 많은 주택들이 철거되면서 시민들이 도시 외곽으로 쫓겨나갔고, 똑같은 형태의 건물들이 세워지며 단조로운 도시를 만들었다는 비난을 받기도 했다. 그러나 19세기 중반에 건설된 도시 체계가 오늘날까지도 큰 변화 없이 도시 기능을 훌륭히 하고 있고, 덕분에 파리는 전 세계 관광객들의 발길이 끊임없이 몰려들어 날마다 축제의 도시가 되었다.

복도
L'entrée

현관문을 열고 집으로 들어오면 타일이 깔린 긴 복도를 중심으로 양쪽으로 방들이 위치해 있다. 약 4m 가까이 되는 높은 층고에 벽과 천장에는 정교하게 조각된 몰딩이 장식되어 있다. 처음 집을 보러왔을 때 복도는 작은 등 하나만 비추고 있어 어두컴컴했고 천장은 검은 곰팡이로 뒤덮여 있었다.

높은 천장과 몰딩을 청소하느라 며칠 동안 목이 뻣뻣하게 굳어 움직이지 않을 정도였다. 몰딩은 칫솔을 이용해 구석구석 닦아내자 본연의 아름다운 조각을 드러냈으며, 작은 전등 하나만 걸려 있던 곳에는 3개의 샹들리에를 설치해 밝고 화사하게 바꾸었다. 통로에는 가급적 가구를 하나도 두지 않았고, 입구 오른쪽 벽에는 커다란 앤티크 거울을 하나 달고, 반대쪽 벽에는 파리 경매장에서 구입한 2m가 넘는 큰 액자 안에 1950년대의 파리 지도를 넣어서 걸었다.

집으로 들어오는 첫 얼굴인 만큼 현관 입구를 깨끗하고 시원하게 꾸미고 싶었다. 복도 바닥은 집을 지었을 당시의 것으로 보이는 나뭇잎 문양의 오래된 타일이 깔려 있다. 때가 찌들고 곳곳이 패이고 긁혀 상처가 난 부분도 있지만 대체적으로 상태가 양호한 편이다. 처음 집을 방문하는 사람들은 현관문을 열자마자 보이는 바닥의 타일을 보고 연신 감탄사를 쏟아내곤 한다.

햇볕이 좋은 날 현관문을 활짝 열어 놓고 타일 한장 한장을 정성 들여 닦고 있노라면, 그동안 어떤 사람들이 이 타일을 밟고 집 안으로 왕래했을까 하는 즐거운 상상을 하게 된다.

과연 어떤 사람들이 이 집에서 살았을까? 특히 계단을 오르내릴 때, 창문을 열고 닫을 때, 겨울이면 벽난로 앞에 앉아 불을 피우면서도 문득 문득 드는 생각이다. '누가 이곳에 살며 이렇듯 나와 같은 생활을 했을까?' 하고 말이다.

행정 도시인 라발에 가면 옛날 문서들을 관람할 수 있는 곳이 있지만, 160년 전 예술처럼 아름다운 글씨체로 쓰였던 불어 문서를 읽고 이해한다는 것은 내겐 무리다. 전 주인들의 히스토리가 궁금하다는 이야기를 샹탈에게 하자 그녀의 할머니, 할아버지가 1900년대 초부터 이 동네에 살았기 때문에 모두 다 알지는 못해도 몇몇 주인들의 이야기는 조부모를 통해서, 또 그녀의 부모님을 통해서 그녀도 조금은 알고 있다고 했다. 등잔 밑이 어둡다는 이야기가 있듯이 바로 옆에 궁금증을 해결해줄 사람이 있었는데 모르고 지냈던 것이다.

이후 샹탈의 도움으로 전 주인의 이름을 모두 찾아낼 수 있었다. 집을 처음 건축한 사람은 파리에서 침구 관련 사업을 했던 뮤슈 르브런Lebrun이라는 사람으로, 르브런이 현재 집 자리에 있던 구옥을 매입해 지금의 집을 지었다고 한다. 그 후 8번이나 주인이 바뀌었는데 전 주인들의 리스트 가운데 남편의 성(性)인 '큐리Currie'를 발견하고 나는 크게 놀랐다. 정작 남편은 큐리라는 성은 스코틀랜드에서 가장 흔한 성씨라며 시큰둥했지만 아무리 흔한 성이라 해도 스코틀랜드도 아닌 프랑스 시골의 이 작은 마을에 살았다는 건 인연이라고 생각하지 않을 수 없다. 마담 파멜라 큐리Pamela Currie는 1920년에 영국에서 태어났고, 프랑스인 남편과 결혼을 했다는 기록이 있었는데, 살아계신다면 98세가 되셨을 것이다. 나는 마담 큐리 부부가 어떻게 이 집에 살게 되었는지 남편의 먼 친척은 아닌지 더 조사해볼 생각이다. 내가 늘 이 집을 사게 된 데에는 보이지 않는 운명 같은 인연의 끈이 있을 것 같다고 하지 않았던가.

리빙룸
Le salon

현관을 들어서자마자 복도 바로 오른쪽에 위치한 방이 리빙룸이다. 보통 리빙룸은 가족이 모여 담소를 나누거나 손님을 접대하는 공간으로 집에서 가장 격식을 갖춘 방이라고 할 수 있다. 서양문화에서 리빙룸은 라운지Lounge 또는 시팅룸Sitting room으로 불리기도 한다. 우리집의 리빙룸은 격식을 차리면서도 편안한 공간으로 만들고 싶었다. 겨울이면 벽난로 앞에 친구와 가족들이 모여 따뜻한 차를 함께 마시고, 이야기를 나누며 책도 읽고, 커다란 창을 통해 정원을 내다보며 변해가는 계절을 감상할 수 있는 휴식 같은 공간 말이다.

공사 전의 리빙룸은 노란색 줄무늬 벽지로 도배되어 있었고, 벽에는 조각이 화려한 거울 하나와 대리석 벽난로 위에 근엄한 표정의 여인 초상화가 걸려 있었다. 앙토앙의 말에 따르면 그의 증조모, 즉 주인 할머니의 시어머니라고 했다. 초상화 아래의 대리석 벽난로는 처음 집을 보러왔던 날, 나의 마음을 단번에 사로잡아 이 집을 꼭 사야겠다고 마음먹게 한 그 벽난로다. 물론 벽난로 하나 때문에 집을 구매한 것은 아니지만 지금까지도 이 집에서 가장 마음에 드는 부분임을 인정할 수밖에 없다. 나는 초상화가 걸려 있던 자리에 금색 프레임의 커다란 거울을 걸었다. 집 근처 앤티크숍에서 저렴하게 구매한 것으로 곳곳에 상처가 나고 금장이 벗겨져 있었지만 깔끔히 수리해서 걸어두니 흰색의 벽난로와 잘 어울렸다. 천장에는 건축 당시의 것으로 보이는 우아한 장미 문양이 장식되어 있었는데, 그 문양과 잘 어울리는 크리스탈 샹들리에도 새롭게 달아주었다.

리빙룸의 한 코너에는 루이 15세 스타일의 코모도 서랍장과 베르제르Bergère 암체어가 자리 잡고 있다. 또 다른 코너에는 옷장으로 쓰였던 장을 장식장으로 개조해 앤티크 책들과 작은 병, 소품들을 모아 두었다. 리빙룸 중앙에는 거실 테이블 대신 제2차 세계대전 당시 어느 미군 병사가 가져온 것 같은 커다란 트렁크를 커피 테이블로 사용하고 있고, 노르망디의 전통 옷장 Normandie Armoire은 TV장을 대신해준다. 가구들은 비록 엄청 비싼 앤티크는 아니더라도 100년은 족히 넘는 고가구들이다. 이들은 내가 원했던 프렌치 스타일의 리빙룸을 완성시키는 데 중심이 되었다.

다이닝룸
La salle à manger

리빙룸의 맞은편 위치한 다이닝룸은 전체가 베이지색 바탕에 꽃문양의 벽지로 도배되어 있었고, 벽몰딩은 초록색 페인트로 테두리가 칠해져 있었다. 천장 모서리는 멋진 조각의 몰딩으로 장식되어 있었지만 벽난로 위쪽으로는 검은 곰팡이가 가득했다. 바닥은 처음 집을 지을 때 깐 것으로 보이는 떡갈나무를 이용한 모자이크 바닥Parquet floor, 요즘 유행하는 헤링본Herringbone 스타일의 바닥이었다. 정확히 161년의 오랜 세월이 지났지만 나무는 더 길들여지고, 색은 더 짙어져 이 집의 마룻바닥들은 나의 자랑거리 중에 하나다. 사실 다이닝룸의 바닥은 한 차례 물난리로 수난을 겪은 그 바닥이다. 진흙으로 뒤덮인 바닥을 몇 차례 고통스럽게 하나하나 닦아내고 또 닦아내어 모두 기름칠을 해야 했다. 그런 후에도 처음 상태처럼 되돌리지는 못했지만 다 뜯어내지 않은 것만으로 감사할 따름이다.

일단 벽지를 모두 뜯어내 곰팡이를 제거하고 훼손된 벽을 보수했다. 어떤 색으로 페인트를 해야 할까 잠시 고민했지만 고민도 잠시뿐 일단 화가의 캔버스처럼 방 전체를 흰색으로 칠했다. 흰색의 벽과 몰딩은 밤색의 떡갈나무 바닥과 어우러져 이전보다 훨씬 넓어 보이고 한결 쾌적해 보였다. 깨끗하게 변한 사방 벽에는 그림 대신 앤티크 접시들을 걸어서 장식했고, 벽난로 위에는 이제 단골이 된 앤티크숍에서 공짜로 얻어온 거울을 걸어두었다. 프레임 곳곳이 손상되어 팔기는 어려울 것 같으니 필요하면 그냥 가져가라는 주인아저씨의 인심 덕분에 낡은 거울 역시 흰색으로 칠해 걸어두니 그 공간에 잘 어울렸다. 다이닝룸의 가운데에는 8명에서 10명은 충분히 앉을 수 있는 기다란 앤티크 테이블과 운 좋게도 경매장에서 저렴하게 구매한 의자를 들여놓아 가족과 친구들이 함께 모여 식사할 수 있는 공간으로 재탄생했다.

Ma maison en France

서재
La bibliothèque

지금의 서재는 전 주인이 아래층에 기거했을 때 쓰던 작은방을 개조해서 만들었다. 방 한구석에는 대리석 벽난로가 있고, 벽에는 오렌지색과 빨간색의 중간색쯤 되는 벽지가 붙어 있고, 바닥에는 카펫이 깔려 있었다. 카펫을 걷어내자 카펫과 나무 바닥을 고정시켰던 접착제가 시멘트처럼 굳어 있어 그것을 모두 뜯어내느라 여간 고생을 한 게 아니었다. 송곳과 끌, 날카로운 칼날, 전기 사포기 등 찾을 수 있는 모든 장비를 동원해 1㎜씩 긁어낼 수밖에 없었다. 고집 센 황소처럼 꿈쩍도 않던 접착제와의 전쟁은 가끔씩 손가락을 마비시키고 팔이 떨어져 나갈 듯하게 만들었다. 어느 하나 쉽게 진행되는 일이 없었다. 그렇게 2개월가량 매일 조금씩 벗겨내자 어느 정도 원래의 떡갈나무 바닥이 보이기 시작했다. 접착제 제거에 너무 많은 시간을 들이고 고생한 나머지 나무 바닥에 접착제를 떡칠하고 카펫을 까는 것을 법으로 금지해야 한다며 분노를 토하곤 했다.

바닥의 카펫이 사라지고 낡기는 했어도 원래의 나무 바닥이 드러나자 이번에는 벽과 천장에 붙어 있던 벽지와 또다시 전쟁을 치러야 했다. 도무지 벽지가 발려 있지 않은 곳이 없었다. 어차피 뜯어내야 하는 거 벽지 뜯기에 진저리가 난 나는 그 위에 페인트 색이나 시험해보자 싶어 몇 가지 페인트를 칠해보았는데, 의외로 벽지가 들뜨지 않고 잘 칠해지는 것이 아닌가! 벽지의 엠보 문양이 올라오긴 했지만 그런 텍스처가 오히려 느낌이 있어 시간도 절약하고 멋진 효과를 얻기도 했다.

©CarinaOkula

서재에서 복도로 나가는 문과 리빙룸으로 연결되는 문 사이 한쪽 벽면 전체를 책장으로 만들어 그동안 모아 두었던 고서들을 진열했다. 100년 전에 출판된 요리책, 역사책, 소설책 등이 꽂혀 있다. 영어 책들도 있지만 대부분이 불어로 쓰인 옛날 책들인데 나의 불어 실력이 일취월장하여 언젠가 그 책들을 한 권씩 여유롭게 읽을 수 있는 날을 꿈꾸고 있다. 읽지 못하는 책들이 대부분이지만 고서들이 빼곡히 꽂힌 책장만 바라보고 있어도 흐뭇하다.

*"If you have a garden and a library,
you have everything you need."*

만약 정원과 서재가 있다면 당신은 모든 것을 가진 것입니다.

— 마르쿠스 툴리우스 키케로 Marcus Tullius Cicero —

—— **세탁실** 작은 샤워실과 화장실이 있던 곳을 세탁실로 개조했다. 무미건조할 만한
공간의 벽은 그동안 벼룩시장과 브로캉트 마켓에서 모아두었던, 오일 페인팅과 프
린트들로 갤러리 벽으로 꾸며보았다. 그리고 샹들리에도 달아 그야말로 나만의 럭
셔리한 세탁실로 만들었다.

욕실 이전의 낡은 목욕탕에 자리 잡고 있던 앤티크 욕조를 가족용 목욕탕으로 옮겨왔다. 커튼이 없는 창으로 들어오는 뒷마당의 풍경이 일품. 하루의 피로를 풀 수 있는 곳으로 변신했다.

부엌
La cuisine

프렌치 스타일의 부엌이라고 하면 유리문으로 된 찬장에 하얀 접시들이 가득 쌓인 풍경이나 동냄비가 주렁주렁 걸려 있고, 여러 개의 나무도마가 진열된 프로방스의 목가적인 부엌 풍경을 떠올리게 되지만, 이 집 부엌의 첫인상은 그런 모습과 거리가 멀었다. 처음 집을 구경하러 왔을 때 부엌에는 건축 당시 음식을 만드는 용도로 설치된 돌로 만들어진 투박하고 큰 벽난로와 1970년대 개조 공사를 하면서 들인 듯한 누렇게 변한 포마이카Formica장 몇 개와 한쪽 구석에 밤색 냉장고만 덩그러니 자리를 차지하고 있었다.

집 안 인테리어를 하면서 가장 먼저 공사를 한 곳이 바로 부엌이다. 가족과 손님을 위해 음식을 만들고, 음식을 만드는 동안 도란도란 이야기를 나눌 수 있는 곳, 하루 중 가장 많이 드나드는 곳으로 어쩌면 집의 심장부 같은 역할을 하는 곳이라고 생각하기 때문이다. 처음 부엌을 구상할 때는 찬장 대신 프렌치 옷장 같은 가구를 이용해 수납장을 대신하고, 뷔페장을 이용해 아일랜드 키친을 만들어 정감이 가는 프렌치 컨츄리 풍으로 꾸미고 싶었다. 하지만 나보다 요리하는 것을 더 즐기는 남편을 위해 부엌만큼은 예쁜 것보다는 아무래도 현대식으로 편리하고 깔끔하게 공사하는 것이 좋을 것 같다는 생각으로 바뀌었다.

먼저 가구는 집의 창문과 같은 프렌치 윈도를 연상하게 하는 하얀 격자창이 달린 것으로 선택했다. 한쪽 벽에는 사다리를 사용하지 않으면 열 수도 없는 거의 천장까지 닿는 장식장을 설치하고 그동안 모아 두었던 앤티크 그릇들을 채워 넣었다. 하얀 포슬린 싱크대 위쪽으로 설치한 장식장에는 자주 사용하는 그릇들과, 요리책, 1인용 티팟 같은 것을 넣어 장식했다. 기존의 타일 바닥이나 가구와 어울리는 손잡이를 고르고, 가전제품들을 고르며 하나씩 채워져 가는 부엌을 볼 때마다 아무것도 없는 하얀 캔버스 위에 멋진 그림이 완성되어 가는 것처럼 행복했다. 어느 날 갑자기 천장 일부가 내려앉기 전까지는 말이다. 2층 목욕탕 공사가 잘못되면서 진흙범벅의 홍수가 났고, 새로 만든 부엌을 모두 철거하고 물에 젖은 벽을 말리느라 6개월을 꼬박 기다린 후에야 처음부터 다시 공사 진행한, 몇 차례 수난을 겪은 그 부엌이다.

비련의 여주인공처럼 수많은 시련을 겪은 부엌은 나의 프랑스 정착의 애환을 그대로 대변하는 듯해 볼 때마다 안쓰럽고 대견해서인지 지금은 이 집에서 내가 가장 많이 머무는 공간이다. 돌로 지어진 벽난로 안에는 나무를 땔 수 있도록 작은 벽난로를 추가로 설치해 벽난로 앞 테이블에 앉아서 식사를 하기도 하고, 아침이면 따뜻한 차 한 잔에 하루의 할 일들을 정리한다. 정원 뒤쪽의 포플러 나무들이 한눈에 들어오는 커다란 부엌 창문으로는 시원한 바람이 잘 들고 나기에 기분까지 상쾌하게 만들어준다.

안방
La chambre principale

2층에는 모두 3개의 침실이 있다. 남편과 내가 사용하는 안방에는 루이 16세 스타일의 싱글 침대 2개를 붙여서 킹사이즈 침대로 만들었다. 우리 가족이 프랑스에 없는 동안 가끔 집을 빌려주기도 할 때 침대를 따로 사용하기를 원하는 손님들을 위해 준비한 것이기도 하다. 침대 뒤쪽 공간에는 새로 증축한 샤워실과 화장실이 있는데, 이 공사를 위해 두꺼운 벽을 뚫어내야 했다. 아무리 퍼다 버려도 줄어들 생각을 않던 돌덩이들 때문에 '마법의 벽'이라고 부르기까지 했다.

앞마당이 훤히 내려다보이는 커다란 창문에는 전 주인이 두고 간 묵직한 원단의 커튼을 재사용했고, 그 앞에는 거울이 달린 앤티크 옷장과 암체어를 놓아두었다. 햇살이 좋고 따뜻한 날에는 그곳 의자에 앉아 책을 읽기도 하고, 비가 내리는 날에는 연못처럼 변한 수영장으로 떨어지는 빗방울의 움직임과 비에 흔들리는 정원의 나무들을 하염없이 바라보기도 한다. 조각이 아름다운 대리석 벽난로 위에는 금색 테두리의 거울을 걸어 조금은 황홀한 분위기를 연출했다. 벽난로가 있는 침실이라니 이 얼마나 낭만적인가!

침실은 가장 개인적인 공간이다. 피곤한 몸과 마음을 재충전할 수도 있고 마음껏 상상의 날개를 펼 수도 있는 곳으로 차분하면서도 누구나 편히 쉴 수 있는 공간으로 만들고 싶었다.

손님방
La chambre d'amis

'프랑스인과 벽지' 무슨 이유가 있는 것일까? 집의 모든 방은 물론 화장실과 목욕탕, 심지어 부엌의 벽까지고 모든 벽에 붙어 있었다. 어떤 방은 천장까지 벽지로 도배되어 있었는데, 아마도 고르지 못한 벽을 매끈하게 보이도록 하는 데에는 페인트보다 벽지가 더 효과적이라고 생각했던 걸까? 그렇더라도 천장까지 벽지를 붙인 것은 지금까지 풀리지 않는 수수께끼와 같다. 여러 번 덧바른 벽지로 인해 3겹의 벽지가 붙어 있던 이 방의 모든 벽지를 제거해 벽을 고르게 수리하고, 마지막으로 페인트를 칠하는 길고도 험한 고통의 시간이 어김없이 따라야 했다.

공사를 하고 있던 어느 날, 파스칼에게서 연락이 왔다. 빨리 자신의 앤티크숍으로 와보라며 흥분한 그의 목소리가 큰일이라도 난 듯했다. 공사를 하다 멈추고 서둘러 도착한 파스칼의 숍 앞에는 커다란 트럭이 세워져 있었는데, 그 안에는 내가 오래 전부터 찾고 있었던 루이 15세 시대의 침대 2개와 옷장이 실려 있었다. 파스칼은 근처 작은 샤토에서 막 가져온 가구들이라고 했다. 나는 한눈에 마음에 들었고, 그 가구들은 트럭에 실린 채로 곧바로 우리집으로 배달되어 손님방으로 옮겨졌다. 원하는 좋은 물건을 좋은 가격에 구매하려면 기다리고 또 기다려야 한다는 걸 잘 알기에 믿고 기다린 보람이 있는 순간이었다.

유려한 곡선의 두 침대 사이에 작은 서랍장을 놓고 그 위에 조각
이 화려한 금색 거울을 걸었다. 그리고 다이닝룸에 있던 오래된
나무조각 샹들리에를 재활용했다. 특별한 장식 없이도 가구들이
가지고 있는 원래의 멋을 살려 편안한 침실로 완성되었다.

—— 우리가 새로운 집주인이 된 지 2주가 지나서야 전 주인 할머니의 짐들이 다 치워졌다. 그녀의 아들 앙토앙이 샹들리에를 때 가려는 것을 겨우 막았다. 이미 2주 전부터 우리 가족이 공식적으로 집주인이 되었기에 개인적인 짐 외에 집 안에 붙어 있는 물건들을 때 가는 것은 계약 위반이었다. 그렇게 겨우 지켜낸 다이닝룸의 샹들리에를 지금의 손님방에 재활용했다.

—— **조이의 방**

커다란 창문을 열면 뒷마당의 넓은 정원이 그림처럼 시원하게 보인다. 커다란 포플러 나무가 바람에 시냇물 소리를 내고, 멀리 이웃집의 농지가 잘 내려다보이는 방이다. 조이는 이곳을 자기의 방으로 선택했다.

다락방
Le grenier

3층에는 2개의 침실과 2개의 방을 합쳐놓은 크기의 커다란 방이 있다. 집의 가장 높은 곳에 있는 방으로 멀리 있는 초원까지 감상할 수 있는 곳이다. 전 주인은 단순히 창고 용도로 사용했었는데, 집을 구매할 당시 한쪽에서 물이 새어 벽이 엉망진창이었다.

창고로 방치해 사용하지 않았던 방을 사람이 거주할 수 있도록 만드는 데까지는 생각조차 못했던 여러 가지 공사를 해야 했다. 물이 새어 엉망진창이 된 벽을 모두 뜯어내고 다시 공사를 해야 했고, 금이 가거나 구멍 난 천장도 보수해야 했다. 나무 바닥 사이사이에 낀 흙들과 벽 공사를 하며 하얗게 내려앉은 횟가루를 일일이 제거하고, 물걸레로 닦아낸 뒤 기름칠을 몇 번이고 되풀이해야 하는 일은 극기훈련을 하는 것 같았다.

새로 전기 공사를 하고, 창문도 모두 이중창으로 바꿔 달며 처음 생각한 대로 서서히 자리를 잡아가고 있는 이 방은 남편이 편히 음악도 듣고, 영화도 감상하는 방으로 만들 계획이다. 작은 와인 바와 부엌, 그리고 화장실과 목욕탕도 설치할 계획인데, 아직 갈 길이 멀지만 여유를 가지고 하나씩 꾸며야겠다고 생각한다.

가든
Le jardin

처음 집을 보러왔을 때 집보다 더 높이 무성하게 자란 나무들이 집을 둘러싸고 있었다. 굳게 닫힌 하얀 철대문 뒤로 보이는 정원은 관리가 되지 않아 정글처럼 보였다. 집앞 정면으로 있는 수영장은 파란 이끼들로 가득 끼어 있어서 수영장이라고는 말할 수 없는 더러운 연못처럼 보였다.

집을 구매한 후 집 주변으로 아무렇게나 자란 나무를 잘라내고, 집 건물 안팎으로 햇빛이 들어오는 길을 열어주었다. 전에 집을 관리해주던 사람들의 말로는, 마담 앙리오가 나무 자르는 걸 무척 싫어했다고 한다. 그 때문에 집 안이 온통 습기로 가득 차 검은 곰팡이가 핀 것은 물론, 방 안에서 이름 모를 버섯까지 자라고 있을 정도였으니…. 집보다 더 크게 자라 현관문까지 가로막고 정면에 우뚝 서 있던 소나무를 잘라냈고, 이상한 생물이 나무처럼 커버린 것을 잘라낸 후에야 집 전체의 모습이 조금씩 보이기 시작했다. 얼마나 오랜 시간을 나무들 뒤에 가려져 버려왔던 것일까? 밝은 햇살 아래 일광욕을 하는 집의 모습은 수줍게 미소를 짓고 있는 것 같았다.

집 뒤의 정원에는 커다란 향나무가 높이 쌓은 담처럼 자라나 큰 정원과 작은 정원으로 나뉘어 있다. 큰 정원은 그램이 원하는 대로 디자인해 관리하고, 작은 정원은 내 마음대로 하되 관리도 내가 하는 것으로 합의했다. 하고 싶은 것이 서로 다르다 보니 서로의 구역을 나누어 하고 싶은 대로 하는 것도 좋은 생각인 듯하다. 남편은 과일나무를 심고, 온실도 만들고, 비밀의 정원을 만들겠다는 포부가 대단하다.

나는 정원 여기저기 마구 자라고 있던 장미들을 한곳으로 모아 나만의 장미정원으로 꾸몄다. 정원 일을 도와주던 로랑과 함께 어지럽게 자란 잡초를 뽑아내고 땅을 고른 후 장미를 한곳으로 모아 심었다. 그 옆으로는 몇 해 전 슈퍼마켓에서 사온 라벤더 모종들을 심어 라벤더 밭을 만들었다. 생각보다 장미와 라벤더들이 잘 자라주었지만, 꽃들보다 더 잘 자라는 잡초들과의 전쟁은 해마다 골칫거리다. 잡초의 뿌리를 뽑다가 라벤더를 뽑아버린 적도 있고, 가지치기를 잘못해 안타깝게 죽어버린 장미도 있다. 초보 정원사의 시련은 전쟁에서 하얀 깃발을 휘둘러야 할 때처럼 비참하기만 하다.

나의 또 하나의 포부는 집에서 먹을 채소와 허브를 키울 수 있는 채소밭을 근사하게 만드는 일이다. 프랑스에서는 채소밭을 포타제Potager라고 한다. 포타제 가든은 중세시대부터 샤토나 수도원의 자급자족할 채소를 기르는 데에서부터 시작되었다. 루아르 밸리의 샤토 빌랑드리Château de Villandry는 아름다운 정원과 포타제 가든으로 유명해 나에게 많은 영감을 주는 곳이기도 하다.

남편과 내가 '우리는 프랑스 시골로 귀농했다'고 말하는 것이 우스갯소리로만 하는 말은 아니다. 뒷마당이 1,200평 정도나 되니 우리가 먹을 채소를 자급자족하는 일은 충분할 것 같다. 아니 너무 많을 수도 있겠다. 그럼 나는 동네 이웃들과 어르신들께도 조금씩 나누어 드리고 싶다. 가끔은 동네 주말장터에서 좌판을 벌이고 뒷마당에서 수확한 야채를 파는 모습을 상생해보곤 한다.

"Yes, I'd love to have a garden of my own-spacious,
and full of everything that is fragrant and flowering.
But if I don't succeed, never mind-I've still got the dream."

물론이죠. 나는 넓은 정원에 꽃이 피고, 모든 것이 향기로운, 나만의 정원을 갖고 싶어요.

하지만 그렇게 되지 않더라도 계속 꿈을 가지고 있을 거예요.

— 러스킨 본드, 산에서 내리는 비Ruskin Bond, Rain in the Mountains —

'꽃들은 항상 사람들을 행복하게 만들고, 영혼을 위한 태양이자 양식이며 때론 약이 된다.'는 말이 있다. 탸샤 튜더가 평생 동안 그녀의 정원을 가꾸며 단순하지만 자연과 동화되는 의미 있는 삶을 살았듯, 클로드 모네가 자신의 최고의 작품은 '지베르니의 정원'이라고 말한 것처럼 하나씩 배우면서 시간과 정성을 들이다 보면 지금은 별다른 특색이 없는 우리집 정원도 언젠가는 사람들에게 희망과 행복을 안겨주는 행복한 공간으로 변해 있을 거라고 꿈꾸어 본다.

뒷마당에서 따온 허브들로 음식을 만들고,
사철 피어나는 꽃으로 집 안을 장식하는 정원이 있는 삶.
프랑스 시골로의 은퇴와 귀농이 주는 값진 선물은 이런 것이 아닐까!

작은 교회
La chapelle

우리집 정원 한쪽 귀퉁이에는 언제 지어졌는지 알 수 없는 작은 교회가 있다. 정원 안쪽, 정확히는 우리 정원 안에 지어진 교회였지만 우리 소유가 아니었다. 집을 계약할 때 교회는 집과 상관없다는 내용을 부동산에서도 재차 확인시켜주었다. 교회 내부가 어떻게 생겼는지 무척 궁금했지만 우리 소유가 아니었기에 그저 잊고 있었다. 작은 교회에 문제가 있다는 사실을 알게 된 건, 몇 해 전 내가 주문한 가구를 배달하러 온 파스칼을 통해서였다. 그는 교회 문이 활짝 열려 있다며 마치 큰 문제가 생긴 것처럼 호들갑을 떨었다. 조금 긴장한 나는 파스칼과 함께 교회 방향으로 발길을 옮겼다. 교회가 우리집 정원에 자리를 잡고는 있었지만 커다란 나무에 둘러싸인 교회 쪽으로는 거의 갈 일이 없었기 때문에 첫 방문인 셈이었다.

눈에 드러난 교회 모습은 충격적이었다. 가시밭 넝쿨을 지나 반쯤 떨어져나간 문을 조심스레 열고 안으로 들어서자 밖에서 본 모습보다 더욱 처참했다. 교회 양쪽 벽의 스테인드글라스 창은 깨져서 반만 남아 있었고, 둥근 천장은 여기저기 구멍이 숭숭 나 있었다. 언제 이렇게 되었는지 알 수조차 없었다. 짐작컨대 비가 유난히 많이 내려서 지반이 약해지고 만, 그래서 커다란 포플러 나무가 뿌리째 뽑힌 적이 있는 그 해 겨울이 아닐까 하고 추측만 해볼 뿐이었다. 작은 교회 안에는 크기가 좀 되어 보이는 십자가와 군복을 입은 젊은 청년의 초상화가 걸려 있었다. 그리고 나무로 만든 제단 위에는 벗기고 까진 금장의 성모마리아 상이 우뚝 서 있었다. 벽에는 겨우 알아볼 수 있을 정도의 글이 적혀 있었다.

'1896년에 태어나 프랑스를 위해 싸우다 1916년에 죽은 우리 아들을 위해'

희미하게 남아 있는 글씨 옆에는 앙리 베흐랑Henri Berlin이라고 적혀 있었다. 나중에 알게 된 사실인데, 앙리는 제복을 입은 초상화의 주인공이었고 제1차 세계대전 당시 스무 살 나이에 나라를 위해 목숨을 바친 용감한 청년이었다. 그것도 바로 우리집에 살던 꽃 같은 청년!

그날부터 내 마음은 무겁기만 했다. 우리집 정원에 자리한—비록 우리가 주인
은 아니지만— 교회가 이 지경이 되도록 모르고 있었다는 것에 자책감도 들었
다. 남편과 상의한 후, 나는 교회를 매입하고 싶다고 이장님께 전하면서 누가
주인인지 알아봐달라고 부탁했다. 그러던 중 이웃인 샹탈의 도움으로 작은 교
회 주인을 찾아냈다.

교회는 1920년도부터 집과 따로 분리되었다고 한다. 그 당시 주인이 유언에 따
르면, 현재 우리집 정원에 있는 작은 교회를 마을에 있는 교회에 기부하기로
했다고 한다. 부모의 모든 재산이 자녀들에게 자동적으로 상속되는 프랑스 상
속법에 따라 판매든 기부든 상속받은 자녀들이 동의를 해야 하는데, 누군가가
동의를 하지 않았던 것이다. 그로 인해 집은 매매가 되었지만, 현재 작은 교회
는 아직까지도 그 당시 상속자들의 소유로 남아 있다는 것을 알게 되었다. 그
들에게 우리가 교회를 사고 싶다는 이야기를 전달하고, 한참을 기다린 끝에 회
답이 왔지만 일은 쉽게 풀리지 않았다. 문제는 전 주인이 재혼을 하면서 두 번
째 부인에게서 태어난 자식을 찾을 수 없는 데 있었다.

—— 언제 찍은 사진인지는 모르지만, 옛날 집 사진의 오른쪽에 말끔한 교회 모습이 담겨 있다.

모든 상속자를 찾기 전에는 아무것도 할 수 없는 상황. 그 후 2년을 더 기다렸는데도 상속자를 찾을 길이 없었다. 이장님도 여러모로 알아보는 상황이지만 아직도 소식은 감감하다. 하루하루 폐허가 되어가는 작은 교회의 모습을 지켜만 보고 있어야 하기에 마음만 더욱 무거워진다. 교회 천장이 언제 무너져버릴지 아무도 알 수 없었다. 일단 성모마리아 상과 앙리의 초상화를 안전한 곳으로 옮겨다 두긴 했지만, 단상과 십자가는 그대로 교회 안에 방치되어 있다. 봄이 오면 임시방편이라도 지붕 위를 수리해야 할 것 같다.

나의 콜렉션, 프렌치 리넨

처음 프랑스를 방문했을 때 식구들과 함께 시골의 작은 브로캉트숍에 들린 적이 있다. 누군가의 이름이나 성(性)의 약자를 곱게 수놓은 *모노그램Monogram이 놓아진 앤티크 리넨들을 처음 보게 되었다. 워낙 원단을 좋아하는 나로서는 모노그램 리넨은 새로운 발견이었다. 언제, 누가, 누구를 위하여 이토록 곱게 수를 놓아 사용했는지는 알 수 없었지만 프랑스 자수가 주는 정교함이란 직접 눈으로 보지 않은 사람들은 짐작하기 어려울 수도 있다.

그때 이후 앤티크숍이나 브로캉트, 벼룩시장에 가면 제일 먼저 찾는 것들이 앤티크 리넨들이었다. 낡아서 구멍이 난 것도 있고, 쾌쾌한 냄새가 나는 것도 있었지만 특별한 날만 아껴 사용했었는지 새것처럼 곱게 간직된 것들도 있었다. 어떤 날은 우리 식구의 이니셜이 곱게 수놓아진 리넨을 우연히 발견하기도 했다. 그렇게 수집한 리넨들이 지금은 셀 수도 없을 만큼 많이 모아졌다. 그중 내가 가장 잘 사용하는 것은 리넨 냅킨이다. 오래 전 모르던 사람들이 사용한 물건들을 어떻게 사용하느냐며 이상하게 생각하는 사람들도 있다. 그러나 나는 오래된 물건들이라 더 애착이 간다. 손님을 초대해 식탁을 차릴 때도 편하게 꺼내 사용할 수 있고, 자수 디자인을 이용해 쿠션을 만들기도 한다. 가끔은 나 자신도 내가 왜 이렇게 옛날 리넨을 좋아하는지 스스로에게 되묻곤 한다. 이 집을 처음 건축한 뮤슈 르브런이 파리에서 침구사업을 크게 했었다는 이야기를 떠올리며 여기에도 뭔가 눈에 안 보이는 인연이 작용하고 있는 게 아닐까, 하고 생각해본다.

모노그램 역사에 대해서

18세기 초반까지 리넨에는 주인의 이니셜을 표시하는 것이 일반적이었다. 그 이유는 공동세탁장에서
세탁을 할 때 빨래가 서로 섞이지 않도록 식별하기 위해서였다고…. 이런 이니셜은 당시 가장 흔하고
저렴한 식물 뿌리에서 추출한 빨간 염료로 염색한 실을 사용했다고 전한다. 처음에는 단순한 문자로
수를 놓았는데, 나중에는 수를 놓는 사람들의 재능이 한껏 반영된 여러 디자인의 자수법이 개발되기
시작했다. 일반적으로 5~6세의 어린 나이부터 자수를 배우고, 14세쯤에는 혼수에 필요한 리넨을 직접
준비하기도 했는데, 이때 결혼 생활에 필요한 모든 리넨에 자수를 놓기 시작했다고 한다. 이후 19세기
에는 부르주아들이 그들의 성공과 권력을 과시하기 위해 리넨의 자수뿐 아니라 일반 생활용품에도 모
노그램을 새기기 시작했다고 알려져 있다.

나의 콜렉션, 웨딩 글로브

어느 봄날 마을 근처의 벼룩시장에서 난생 처음 웨딩 글로브, 즉 글로브 드 마리에Globe de Mariée를 보았다. 검은색 나무받침 위에 빨간 벨벳 쿠션이 있고, 그 위에 여러 가지 물건들이 왕관 같은 모양을 이루며 유리관 안에 들어 있었다. 처음 보는 물건이었고 무엇인지 몰랐지만 인상적이고 아름다웠다. 벼룩시장에서 파는 물건치고는 값이 꽤 나갔기에 선뜻 구매하지 못했는데, 어느 날 파스칼의 앤티크숍에 들렀을 때 웨딩 글로브를 다시 볼 수 있었다. 파스칼로부터 유리관 안에 들어 있는 물건들이 상징하는 숨겨진 이야기와 이름을 듣고 난 후 나는 그 매력에 더 빠져들어 하나씩 수집하기 시작했다.

전통적인 글로브 드 마리에는 1800년도부터 프랑스에서 보이기 시작했다. 결혼한 부부들이 그들만의 결혼 기념품과 결혼생활을 기념할 만한 것을 유리관 안에 넣어 보관한 것으로 결혼식에 사용한 신부의 화관이나 부케를 넣어두기도 하고, 신랑 신부가 같이 선택한 물건들과 결혼생활을 해가면서 새로운 물건들이 더해졌다고 한다. 예컨대 사진이라든지, 자녀들의 머리카락, 보석들도 넣어두었다고…. 이런 물건들은 하나하나 특별한 상징과 의미가 담겨 있어 그야말로 그들만의 특별한 이야기가 숨겨진 보물상자와 같다. 글로브 드 마리에는 보통 집 안에서 잘 보이는 다이닝룸에 전시했다고 한다.

글로브 드 마리에가 가장 유행했던 나폴레옹 3세 시대에는 미리 만들어진 디자인을 선택해 그 안에 부부만의 기념품을 넣어두었다고 한다. 지금은 좋은 상태의 글로브 드 마리에가 많이 남아 있지 않아 귀하고 가격이 비싼 편이다. 내가 몇 개 수집한 유리관 안에 담긴 물건들도 가지각색이다. 하나씩 관찰하면서 이 부부에게는 어떤 이야기들이 숨겨져 있을까 상상해보는 것도 흥미로운 일이다.

— 웨딩 글로브에 사용된 물건들은 모두 특별한 의미를 담고 있다. 몇 가지 예를 들면 새와 장미는 사랑을 상징하고, 오렌지 꽃이나 데이지는 순결을, 나뭇잎은 결혼생활의 영구성을, 포도송이는 부유를 상징한다. 또 월계관을 가지고 있는 새는 새로운 가족의 탄생을 상징한다. 거울은 모양이나 위치에 따라 다른 의미를 상징하는데, 중앙에 있는 커다란 거울은 영혼과 진실을, 작은 다이아몬드 모양의 거울은 부부가 바라는 자녀들의 수를, 사다리꼴의 거울은 완벽한 결합을 상징한다.

QUATRE

L'art de vivre à la

Française

프렌치 라이프

프랑스 시골 이야기

파리를 벗어나서 베르사유 근처를 지나 12번 국도를 타고 200㎞ 정도 달리면 우리집에 도착한다. 계절이 바뀔 때마다 덩달아 변하는 바깥 풍경을 구경하며 운전하다 보면 마법사의 주문에라도 걸린 듯 어느새 집에 도착해 있다. 봄에는 노란 유채꽃이 만발한 들판을 지나기도 하고, 여름철 무성한 나뭇잎들로 보이지 않았던 크고 작은 샤토의 모습도 겨울이면 앙상해진 나뭇가지 뒤로 뚜렷이 나타난다. 도로 양 옆으로 아기자기한 돌로 지은 집들과 멋스러운 상점들이 자리한 마을을 지날 때면 주위를 두리번거리며 천천히 운전하는 것이 습관처럼 몸에 배었다.

왜 우리가 프랑스의 작은 시골마을에 정착하게 되었는지 프랑스 이웃들은 물론 나를 아는 모든 사람들, 심지어 처음 만나는 사람들마저 의아하게 생각하는 건 지극히 자연스러운 일이다. 나는 파리 같은 도시도 좋아하지만 한적하고 여유로운 프랑스 시골을 더 사랑한다. 우리집은 페이 드 라 루아르Pays de la Loire 지역인데, 북부 마옌Mayenne 주에 속한 아주 작은 마을이다. 고작 200명 정도의 주민들이 이곳에 등록되어 있지만, 그중 40여 명은 마을의 집들을 별장처럼 가끔 이용하는 사람들이라고 이장님께서 알려주셨다.

거의 6년 동안 굳게 닫혀 있던 철대문을 열어놓았을 때, 마을 이장님이 지나가다 들렀다며 오신 적이 있다. 마담 앙리오는 그리 사교적인 분이 아니어서 할머니의 남편이 돌아가셨을 때 잠깐 들러 인사한 게 다였다고 하셨다. 당시 아무것도 없어 썰렁한 상태였지만 내가 집의 이곳저곳 안내하자 이장님은 크게 놀라는 눈치였다. 프랑스 사람들은 손님이 방문하더라도 집 안을 구경시켜주거나 오랫동안 집에 들이지 않는다고 했다.

"우리 마을에 사는 외국인들의 대부분은 영국 사람이죠. 마담 큐리(프랑스 사람들은 나를 이렇게 부른다)와 뮤슈 큐리(그램)가 한국과 호주에서 이사 온 첫 번째 사람들입니다. 이곳에 오신 두 분을 환영합니다. 궁금한 것들이 있으면 언제든지 사무실로 연락주세요."

생각지도 못한 이장님의 방문, 그리고 배려 가득한 환대의 말을 듣자 왠지 모를 정감이 느껴졌다. 나라마다 문화의 차이가 있게 마련이지만, 처음 만난 이장님께 집을 구경시켜 준 일이 꽤 인상 깊은 일로 마음에 남으셨던 모양이다. 작은 마을의 이장님이라고 해도 상당한 영향력을 가지고 있다는 이야기를 주변에서 듣던 터라, 먼저 찾아가 인사드려야 했지만 지나가는 길에 들러주셨으니 부담스러운 일 하나가 줄어든 것과 같았다.

프랑스 시골마을들은 말로 다 표현하기 힘든 묘한 매력이 있다. 그토록 많은 화가와 예술가들이 프랑스에서 영감을 얻을 수 있었는지 조금은 알 듯한 그런 분위기라고 하면 느낌이 전달되려나. 아무튼 건물 하나하나가 예사롭지 않다. 재미있는 이야기가 어디선가 툭, 튀어나올 것처럼 특색과 개성 넘치고 아름다운 건물들이 많다. 이렇게 글로 쓰고 있자니 내가 마치 프랑스 시골 예찬가라도 된 것 같지만, 시골 예찬가든 평범한 시골 아줌마든 뭐든 좋다. 한국에서 태어나 제1의 인생을 보냈고, 호주로 유학을 건너가 치열하게 제2의 삶을 살았다. 그리고 이제 프랑스로 귀농을 하면서 제3의 인생을 살고자 한다.

집에서 가장 가까운 중세마을

이른 아침 갓 구워낸 크루아상과 바게트를 사기 위해 구불구불 시골길을 달려 갈 때면 마치 사랑하는 사람을 만나러 가듯이 마음 설렌다. '프랑스에서 살 수 만 있다면 빵과 버터만 먹고 살아도 행복할 것 같다'고 말하는 친구들도 있다. 그럴 만도 한 게 바삭바삭하게 구워진 고소한 빵 냄새를 떠올리면 군침이 절로 돈다. 갓 구워낸 빵들과 달달한 초콜릿 디저트까지 몇 개 사서 돌아오는 길에 는 집으로 곧장 오기를 포기하고 잠시 옆길로 샐 때가 있다. 마을 광장을 지나 좁은 돌담길을 걸어가면 수백 종류의 장미꽃이 만발한 장미정원을 만날 수 있 고, 중세시대의 고성을 배경으로 한 호숫가를 산책할 수도 있다.

라쎄 레 샤토Lassay Les Châteaux, 이곳은 내가 매일 아침 빵을 사러 가거나 은행 업 무를 보러 가는 곳으로 집에서 가장 가까운 중세마을이다. 마을 이름을 처음 들었을 때, 마을에 얼마나 샤토가 많으면 이름 뒤에 '샤토들Châteaux'이라는 이름 이 붙었을까 궁금해서 관심을 두었던 곳이다. 돌이켜보면 헛웃음 나오는 일이 지만 마을 중심부에 우리집이 있다고 소개한 것처럼, 부동산 허위광고에 속아 여기까지 오게 된 것이었다.

매주 수요일이면 타운홀 앞의 마을 광장에서 시골 장이 열린다. 상인이라고 해 야 동네어귀에서 화원을 하는 여인이 꽃과 채소 모종을 팔고, 과일이나 채소 를 파는 키 작은 농부 아저씨, 시골 노인들을 위한 편한 신발이나 옷가지를 파 는 상인, 트럭에서 소시지와 치즈, 그리고 샌드위치를 파는 아저씨들…. 가끔 씩 생뚱맞게 침대 매트리스를 전시하며 파는 외부 상인까지 모두 합해봐야 고 작 10여 명의 상인이 전부인 시골 장이다.

─── 빅토르 위고Victor Hugo 가 자신의 연인과 하룻밤 머물고 간 곳으로 유명한 여인숙과 장미 정원

—— 이 마을에는 나의 단골 빵집과 은행이 있다.
수요일마다 장이 서는 타운홀 앞의 마을 광장과 레스토랑 빅토르

마을에서 가장 유명한 라쎄 성Château de Lassay에서는 해마다 8월이면 킹 아서와 원탁의 기사를 주제로 한 보물찾기 행사가 열린다. 백년전쟁에 폐허가 된 '부와 티볼Le Bois Thibault' 성터에서도 연례행사로 열리는 지하레스토랑에서 식사를 할 수도 있고, 노천 극장에서는 영화나 중세연극을 관람할 수 있다.

몇 해 전에는 마을을 중심으로 프랑스의 유명한 자전거 경기 '투르 드 프랑스 Tour de France'가 이곳을 지나기도 했다. 우리 부부는 TV로만 보던 유명한 경기를 이 기회에 직접 봐야 한다는 생각에 2시간도 넘게 기다린 끝에 관람하기도 했다. 그런데 5~6명의 선두주자들이 눈 깜짝할 사이에 지나갔고, 뒤를 이어 아마 100대도 훨씬 넘을 듯한 후발주자들 역시 순식간에 눈앞에서 사라졌다. 설레는 마음과 기다림의 시간을 생각하면 허무했다. 그러나 선수들이 지나가기 전 각종 응원행사를 하는 차량 행렬을 흥미롭게 구경할 수 있었다. 요란스럽게 치장한 크고 작은 후원업체들의 차량에서는 기념품을 팔기도 했고, 작은 선물을 던져주기도 하는 등 한적한 분위기에 익숙했던 마을 전체가 간만에 축제 분위기로 한껏 달아오른 그런 날이었다.

프랑스의 조이 학교

남편은 다니던 회사를 잠시 쉬고, 당시 중학교 2학년이었던 조이와 함께 집을 구매한 지 1년 반 만에 우리 식구들은 프랑스로 이사를 왔다. 나와 조이는 거류 증을 신청하고, 불어라고는 한마디도 못하는 딸이었지만 일단 학교를 쉴 수는 없으니 집 근처 기숙사 학교에 보내기 위해 면접을 신청한 상태였다. 이제 본 격적인 프랑스에서 살기가 시작된 것이다.

부슬부슬 비가 내리던 5월 어느 날, 우중충한 날씨처럼 우울한 표정의 조이와 함께 입학허가를 받기 위해 교장선생님을 만나러 집에서 나섰다. 잔뜩 긴장한 표정의 아이와 교장실로 들어섰는데, 생각보다 교장선생님이 영어를 잘 하셔 서 무난히 면접을 마칠 수 있었다. 그런데 교장선생님으로부터 전혀 예상치 못 한 말을 듣게 되었다. 워낙 작은 시골학교인지라 학생들이 점점 줄어 안타깝지 만 기숙사 문을 곧 닫게 된다는 설명이었다. 하루라도 빨리 학교에 입학해야 불어도 배우고 프랑스 생활도 적응할 거라고 생각했기에 청천벽력 같은 말이 었다. 크게 실망한 나에게 교장선생님은 앙제Angers 근처 마을에 기숙사가 완비 된 좋은 사립학교가 있다며, 그 학교로 가보겠느냐고 말씀하셨다. 눈앞이 깜깜 했던 나는 이것저것 따지거나 생각할 겨를도 없이 가겠다고 말씀드렸다. 교장 선생님은 그 학교로 연락을 넣어 면접 약속을 잡아주셨다.

조이를 데리고 두 번째 면접을 보러 간 학교는 집에서 110㎞나 떨어진 곳에 있 었다. 어떤 곳인지도 모르고 찾아간 학교였기에 이번에는 내 가슴이 더 두근거 리고 걱정이 밀려왔다. 1시간 30분 정도 운전해 도착한 학교는 내가 상상한 보 통의 학교가 아니었다.

숲으로 둘러싸인 한적한 시골마을에 위치한 학교는 19세기에 지어진 고성 건물이었다. 성에 딸린 건물들을 개조해 교실로 만들었고, 멋진 성당과 기숙사가 인상적이었다. 이처럼 멋진 성에서 공부할 수 있다니 나는 마냥 신기했다. 그런데 조이는 그 학교가 탐탁하지 않는 듯했다. 그런 우리를 인자한 미소로 맞아준 교장선생님과 간단한 인터뷰를 마친 후 곧바로 조이의 입학허가를 받을 수 있었다. 나는 그 자리에서 일사천리로 입학 수속까지 해버렸다. 수속을 마친 후 교장선생님과 인사를 나누고 사무실 밖으로 나오자 아이가 갑자기 울음을 터트렸다. 조이의 울음에 내 마음이 먹먹해졌다. 딸의 입장에서 잠시 생각해보았다. 학교가 집에서 멀리 떨어져 있고 말도 안 통하는 선생님, 처음 보는 아이들, 주변에는 온통 낯선 것들, 그리고 기숙사 생활에 적응해야 하는 아이의 마음…. 마음을 헤아려보니 울음의 의미를 조금은 알 듯도 했다. 하지만 선택할 수 있는 일이 아니었기에 주어진 상황에 최선을 다하는 것이 그저 최선의 방법이었다. 집으로 돌아오는 차 안에서 조이도 나도 내내 아무 말 하지 않았다.

학교생활을 힘겹게 적응하며 일주일을 보냈을 조이, 금요일이면 서둘러 달려가 아이를 집으로 데려오고 월요일이면 다시 아침 일찍 집을 출발해 학교에 내려주었다. 지금은 힘들지만 시간이 지나면 딸도 학교생활에 잘 적응할 거라고 믿는다. 학교에서 집으로 돌아오는 길에는 크고 작은 마을들을 거쳐서 지나야 한다. 우리 부부는 시간적으로 여유가 있는 날이면 집수리에 필요한 재료를 사러 다니기도 하고, 작은 마을에 들러 앤티크숍을 구경하거나 노천카페에 앉아 커피를 마시기도 한다. 이렇게 우리는 조금씩 프랑스 생활에 익숙해져 가고 있다.

프랑스의 사계절

©SonSungjoo

봄

앙상했던 나뭇가지에 파릇파릇 새순이 돋고, 겨우내 잠잠했던 트랙터가 잠에서 깨어 '털털털~' 움직이는 소리가 들리면 새로운 계절이 왔음을 직감한다. 동네 어귀 과수원에 하얀 사과 꽃이 하나둘 피어나기 시작하고, 뒷마당에 심은 튤립이 두꺼운 흙을 뚫고 뾰족한 새순을 올린다. 앞마당의 연못 주변에는 겹벚꽃이 피어 온 정원에 핑크 빛 전등이라도 켠 듯 화사한 자태를 자랑한다. 바람 부는 날에는 분홍색 꽃잎들이 눈처럼 날려 연못 위로 내려앉고, 라일락 나무 아래는 언제부터 자리를 잡고 있었는지 모를 은방울꽃이 그윽한 향기를 내며 한가득 피어나기 시작한다. 사람들은 꼭꼭 잠가뒀던 창문들을 하나 둘씩 열고, 햇볕 좋은 날에는 이불들을 모두 꺼내 일광욕을 시키면서 시나브로 찾아온 봄을 맞는다. 봄이 되면 프랑스의 크고 작은 마을 여기저기서 벼룩시장이 열리기 시작한다. 마을사람들 모두가 열심히 봄맞이 청소라도 한 듯 가라지 세일과 같은 비드 그리니에^{Vide grenier}가 곳곳에서 열린다. 필요 없는 물건들을 저렴하게 사고파는 모습은 늘 정겨운 풍경을 연출한다.

튤립들이 힘없이 꽃송이를 떨어뜨리고 파란 잎사귀들만 남으면 뒷마당에서 진하고 달콤한 라일락 꽃 향기가 열린 창문으로 가득 들어온다. 전 주인 할머니가 심은 듯한 몇 그루의 작약은 꽃 몽우리 올릴 준비를 마치고, 정원 어디엔가 살고 있는 한 쌍의 빨간 다람쥐가 재빠르게 돌아다니는 모습도 구경할 수 있다.

언제 봄이 지나갔는지 모르게 금세 여름이 다가오고 있음은, 밤 9시가 되어도 해가 석양에 걸려 붉은 빛을 보여줄 때에 알 수 있다. 길어진 해만큼이나 봄과 여름 사이에는 정원 일이 바쁜 시기다. 끝없이 자라나는 잡초와의 전쟁은 물론 비바람에 떨어진 크고 작은 나뭇가지들도 쉼없이 주워내야 한다. 잔디밭에 떨어진 커다란 솔방울과 나뭇가지들을 치우지 않고 잔디를 깎겠다고 무작정 트랙터 운전을 하다 칼날을 몇 차례 부숴먹고 타이어에 구멍을 낸 적도 한두 번이 아니다. 계획하지 않아도 매일매일 할 일이 생기는 건 오래된 집과 넓은 정원을 소유한 특혜라고 여겨야 한다.

은방울꽃 이야기

프랑스에서 처음 봄을 맞았을 때, 작은 양동이에 은방울꽃 다발을 가지고 나와 길거리에서 파는 사람들을 많이 볼 수 있었다. 봄이 되면 숲속 여기저기에 피어나거나 정원에 흔히 피어나는 은방울꽃 다발을 왜들 팔고 있는지 의아했다. 프랑스 풍습이나 전통에 익숙지 않은 나에게 이웃 샹탈은 언제나 그런 궁금증을 풀어주는 프랑스의 살아 있는 백과사전이다. 그녀의 설명에 따르면, 5월 1일은 '프랑스 노동자의 날'로 친구나 사랑하는 사람들에게 은방울꽃 다발을 선물하는 풍습이 있단다. 그날은 누구나 어디서든 세금을 내지 않고도 은방울꽃 다발을 팔 수 있는 날이라는 것이다. 이 풍습은 중세시대부터 내려왔다는데, 1561년 샤를 9세King Charles IX가 왕궁의 여인들에게 은방울꽃을 선물하면서 공식화되었다고 한다. 이날 '누군가로부터 은방울꽃 다발을 선물로 받으면 그 해는 행운이 찾아온다고 믿는다'는 샹탈의 친절한 설명에 또 하나의 프랑스 풍습을 알 수 있었다.

여름

프랑스의 여름날은 길고도 길다. 한여름에는 저녁 10시 반이 넘어야 겨우 해가 진다. 40도를 육박하는 호주의 뜨거운 여름 날씨에 익숙한 나와 남편에게 프랑스의 여름 더위쯤은 대수롭지 않다. 게다가 아무리 바깥 날씨가 덥다 해도 벽 두께가 1m나 되는 돌로 지어진 집 안에는 에어컨이라도 틀어놓은 것처럼 일정한 온도가 유지된다.

여름이면 친구들을 초대해 나무 밑에서 소풍을 즐기거나 연못 앞에 큰 테이블을 꺼내놓고 간단한 식사를 하는 날이 잦아진다. 물론 날아다니는 작은 벌레들의 공격을 받아야 하지만 그 정도쯤은 대수롭지 않다.

나는 종종 집에서 조금 떨어진 바닷가로 훌쩍 소풍을 가기도 한다. 슈퍼마켓에서 바로 살 수 있는 제철 과일과 치즈를 사고 빵집에 들러 바게트와 달달한 디저트 몇 개를 산 후, 와인이나 음료수를 준비하면 간단하지만 멋진 소풍 준비가 끝난다. 푸른 바다가 내려다보이는 탁 트인 모래사장에 앉아 일광욕을 하며 책을 읽는 건 삶의 큰 활력이 된다.

©CarinaOkula

7월 14일이 되면 대규모 불꽃놀이를 구경하기 위해 수많은 사람들이 파리로 몰려든다. 하늘에는 비행기들이 프랑스 국기를 상징하는 삼색 연기를 뿜으며 날고, 샹젤리제 거리에는 군인들의 퍼레이드가 펼쳐진다. 그날은 바로 프랑스 혁명을 기념하는 바스티유 날이다. 성난 군중들이 바스티유 감옥을 점령함으로써 시작된 프랑스 혁명은 루이 16세와 마리 앙투아네트를 단두대의 희생양으로 만들었으며, 봉건제도를 무너뜨리고 민주주의가 시작되었음을 기념하는 프랑스의 가장 큰 국경일이다. 이날은 시골마을의 이곳저곳에서도 작은 불꽃놀이 행사가 이어진다.

대대적인 여름 세일까지 끝나는 무렵인 8월이 되면 파리의 상점들도 하나 둘씩 문을 닫기 시작한다. 파리지엔들이 파리를 빠져나가는 본격적인 여름 휴가철이 시작되는 것이다. 시골마을의 상점들도 문을 닫는 곳이 있다. 도심이 조용해진 반면에 해변가 마을들은 휴가를 즐기기 위해 방문한 사람들로 북적거린다. 그럼과 나도 집에서 2시간 안팎 차로 이동해 노르망디나 브리트니 바닷가 마을을 찾곤 한다. 그중 우리가 가장 좋아하는 바닷가 마을은 '파리의 해변'이라고 불릴 만큼 파리지엔들이 즐겨 찾는 도빌Deauville이다. 코코 샤넬도 도빌을 사랑해 그녀가 파리에 이어 두 번째 부티크를 설립한 곳이기도 하다. 알록달록한 반목조 건물들, 꽃들이 가득한 거리에 들어선 명품숍들, 다양한 요리를 즐길 수 있는 노천카페들…. 요일에 따라 대규모로 들어서는 재래시장은 현지 주민들뿐 아니라 도빌을 찾는 관광객들에게도 인기가 많다. 조용한 시골에서만 지내다가 휴양지의 북적이는 사람들 틈에 섞여 쇼핑도 하고, 맛있는 음식을 즐기다 보면 긴 여름 하루가 어떻게 지나가는지 모르게 재미있다.

가을

우수수 낙엽이 떨어지기 시작하는 가을이 되면 한껏 감성적인 분위기에 빠져들어 이브 몽땅Yves Montand의 샹송 〈고엽Les Feuilles Mortes〉을 크게 틀면서 하루를 시작한다. 하지만 집을 삥 두르고 있는 커다란 나무들이 끝없이 쏟아내는 낙엽들을 낭만이라는 이름 아래 두고만 볼 수는 없다. 틈틈이 쓸고 모아 청소하지 않으면 금세 지저분해져 일이 배로 늘기 십상이다. 베짱이가 되어 춥고 배고픈 겨울을 나지 않으려면 이브 몽땅의 감미로운 목소리에서 빠져나와 겨울 준비를 시작해야 한다. 여름내 마당 창고에서 말려둔 장작들을 지하 창고로 부지런히 옮겨다 두어야 한다.

시골에서는 원하는 때면 언제나 가까운 숲으로 산책을 갈 수 있다. 계절이 바뀔 때마다 함께 바뀌는 숲속에서 산림욕도 하고, 두껍게 쌓인 낙엽을 맘껏 밟으며 긴 사색에 잠겨보기도 한다. 특히 9월 말이 되면 프랑스 사람들은 '버섯 많이 따기 대회'라도 하듯 바구니를 하나씩 들고 숲속으로 버섯을 따러 들어간다. 실제 노르망디의 르 페르슈Le Perche 지역에 있는 벨렘Belleme이라는 동네에서는 해마다 야생버섯 따기 축제가 열린다. 버섯 따기는 프랑스 사람들이 가장 좋아하는 일종의 스포츠와 같다고 한다. 집 근처 자주 가는 레스토랑의 요리사 아저씨도 10월이면 버섯을 따러 숲으로 가고, 자신이 딴 버섯으로 요리 강습을 한다. 몇몇 호텔에서는 숙박 고객을 위한 버섯 따기 체험이 포함된 특별 프로그램을 만들어 운영한다.

우리집 뒷마당에도 이름 모를 버섯들이 가득 피어난다. 그런데 식용버섯과 독버섯을 구별하는 것이 중요하다. 사람들을 유혹이라도 하듯 아름답게 핀 것들은 대부분 독버섯, 못생기거나 소소하게 피어난 것들은 식용일 가능성이 높다는 정도만 아는 나 같은 사람에게 야생버섯 따기는 쉽지 않은 일이다. 앤티크상 파스칼의 아버지는 80이 넘은 노인이지만 버섯 따기만큼은 선수이다.

노르망디의 앙덴숲La forêt des Andaines은 집에서 10분 정도 거리에 있으며 버섯 따기의 천국이다. 약 1만 3,000에이커나 되는 넓은 숲의 기반이 화강암인 덕분에 버섯이 자라기 좋은 여건을 가졌다고 한다. 노르망디 숲에서는 포르치니 버섯으로 알려진 쎄프Cèpes와 꾀꼬리 버섯, 또는 살구 버섯이라고 하는 지롤Girolles을 많이 발견할 수 있다. 버섯 따기 선수가 되려면 아직 멀었지만 직접 딴 버섯으로 맛난 요리를 할 수 있다는 건 가을이 주는 고마운 선물이라고 생각한다.

겨울

소리 없이 추위가 찾아드는 프랑스의 겨울은 유난히 바람 부는 날이 많고, 비도 자주 오는 편이다. 프랑스로 오면서 가장 걱정한 것도 겨울을 어떻게 보내야 할지였다. 멜버른의 겨울 역시 우중충하고 비도 잦지만 영하로 내려가는 날은 거의 없다. 프랑스의 겨울은 영하로 내려가기도 하고, 눈이 내리는 날도 있어 멜버른의 겨울과 비교할 수 없을 만큼 춥게 느껴졌다. 3층 크기의 집 전체를 난방한다는 건 쉽지 않은 일인데다 나무틀로 된 창문 틈으로 들어오는 찬 바람을 모두 막아내기란 처음부터 불가능한 일이다. 최대한 두꺼운 스웨터를 껴입고, 따뜻한 벽난로 옆 자리를 차지하기 위해 재빨리 행동하는 수밖에 없다.

부엌에는 음식을 만들 때 사용하던 돌로 된 커다란 벽난로가 있는데, 운치는 있어도 실용적이지 못하다. 지붕 위까지 뚫려 있는 굴뚝 때문에 사용하지 않을 때는 굴뚝을 타고 찬 바람이 숭숭 들어온다. 가끔씩 새가 날아들어 깜짝 놀라기도 한다. 기존의 굴뚝 안으로 좁은 통로의 굴뚝을 설치하고, 바깥바람이 못 들어오도록 문을 여닫을 수 있는 벽난로를 새로 설치했다. 덕분에 겨울이면 남편과 나는 거의 부엌에서 생활한다. 어릴 적 한국에서 먹었던 군고구마를 추억하며 고구마를 벽난로에 넣어 구워 먹기도 하고, 하루 종일 벽난로 옆에 앉아 따뜻한 차를 마시며 책을 읽기도 한다. 그러다 눈이라도 내리면 눈 위에서 운전하는 게 익숙지 못해 며칠을 꼼짝 못한 채 집에 갇혀 있어야 하는데, 그럴 때면 다락방에서 잠자고 있던 재봉틀을 들고 내려와 평소 구상해둔 소품 몇 가지를 만들기도 한다.

─── 나뭇잎이 다 떨어져도 뒷정원의 포플러 나무에는 마치 새집처럼 보이는 수많은 겨우살이 미슬토Mistletoe들이 그대로 남아
있다. 한국에서 겨우살이는 신비한 약 대용으로 사용한다는 이야기를 들었다. 북유럽 신화에 따르면 겨우살이는 사랑과
우정을 의미한다는데, 중세시대에는 겨우살이가 악령을 쫓아내는 신비한 힘을 가졌다고 여겼고, 크리스마스가 지나고 불
에 태우면 행운이 찾아온다고 믿었다고 한다.

파리 샹젤리제 거리의 화려한 크리스마스 장식이 파리지엔과 관광객들을 유혹하는 시기가 찾아오면, 작은 프랑스 시골마을에도 전등식을 시작으로 크리스마스를 맞이한다. 특히 라발의 크리스마스 전등식은 무척 화려한 편이다. 긴 강가를 따라 늘어선 불빛들이 잔잔한 물결에 비추어져 함께 반짝이는 풍경은 샹젤리제 거리보다 더 황홀한 모습을 만들어낸다. 작은 마을에서는 크리스마스를 위한 마켓이 하나 둘씩 문을 여는데, 뱅쇼Vin Chaud라는 따뜻한 와인이나 직접 만든 장신구 또는 작은 선물들을 팔기도 한다. 우리집도 크리스마스 분위기 연출에 빠질 수 없었다. 사철나무에서 가지치기 하듯 나뭇가지를 한아름 베어다가 벽난로 위에 장식을 하거나 리스를 만들어 현관에 걸어두기도 한다.

크리스마스가 지나가면 본격적인 추위가 찾아온다. 봄이 오는 3월 말까지 족히세 달은 더 버텨야 한다. 그럴 때면 조금 길게 파리에 다녀오는 것도 겨울을 나는 괜찮은 아이디어다. 날씨는 우중충해도 항상 관광객으로 붐비는 도시가 조금은 조용해지는 시기여서 여유 있게 파리 이곳저곳을 돌아볼 수 있다. 에펠탑이 내려다보이는 카페에 앉아 따뜻한 코코아 한 잔으로 추위를 녹이다 보면 겨울이 주는 또 다른 낭만을 만끽할 수 있다.

©SonSungjoo

프랑스의 음식

우리집은 프랑스 서부 지방인 페이 드 라 루아르와 북부 지방인 노르망디의 경계에 자리 잡고 있다. 두 지역이 만나는 곳에 위치한 덕분에 양쪽 지역의 문화와 음식, 그리고 특산물을 쉽게 접할 수 있다는 장점을 가졌다. 요리하는 걸 좋아하고 맛있는 곳이 있다면 어디든 찾아가는 식도락가 그램에게 이보다 더 좋은 조건의 위치는 없을 듯하다.

바다와 육지를 모두 가지고 있는 노르망디는 온갖 해산물이 가득한 해산물 천국이자, 예로부터 낙농업이 발달해 고기를 좋아하는 사람들의 낙원이기도 하다. 바다 위에 떠 있는 수도원으로 유명한 몽생미셸을 찾아갈 때면 멀리 몽생미셸을 배경으로 수많은 양떼들이 유유히 풀을 뜯는 풍경도 볼 수 있다. 얼굴에는 검정 마스크를 쓰고 검정 장화를 신은 듯한 특이하게 생긴 양떼들인데, 바닷물이 빠져 만들어진 습지에서 소금기 많은 짭짤한 풀을 뜯어 먹으며 자란 양들이다. 스테이크 육질이 부드럽고, 특유의 향과 맛을 음미할 수 있다고 알려져 이곳을 찾는 사람들에게 인기가 많다.

또한 노르망디에는 사과즙을 발효시켜 만든 시드르Cidre라는 사이다가 유명하다. 마담 보들레의 아들 쟝 클로드가 그의 사촌 에릭에 대해 자랑스럽게 이야기를 한 적이 있다. 에릭은 파리에서 와인 전문가로 일을 하다가 부모님의 사과농장을 물려받은 뒤 샤토 오뜨빌Château de Hauteville에 있는 창고를 개조해 사과주스를 발효시킨 시드르와 배즙을 발효시켜 만든 푸아레Poire를 생산하고 있음을 알았다. 그곳이 우리집에서 2㎞ 정도 거리인지라 그램과 함께 찾아가 시드르를 맛보았는데, 쌉싸름하면서도 달콤한 맛이 술을 즐기지 않는 나 같은 이들이 가볍게 마시기에 안성맞춤이었다. 시드르는 치즈와 환상적인 궁합을 자랑한다. 친구들을 초대해 식사를 할 때마다 내가 빼놓지 않고 준비하는 우리집 대표 음료가 되었다.

또, 프랑스 하면 하루에 한 가지씩 다른 맛을 볼 수 있을 만큼 많은 종류의 치즈가 있다. 오죽하면 샤를 드골 대통령이 '246개의 치즈 종류가 있는 나라를 어떻게 정치한단 말입니까?'라고 말을 했을까. 그런데 지금은 치즈 종류가 더 늘어 350~450개라고 하니, 프랑스는 정말 '치즈의 왕국'이라고 불릴 만하다. 라발에서 멀지 않은 곳에도 유명한 치즈 생산지가 있다. 포흐 두 샬루 성당Notre Dame du Port du Salut에서 유래해 '수도사의 치즈'라고 불리는 '포흐 샬루Port Salut' 치즈가 그 주인공. 오렌지색 껍질 속에 쌓인 약간 단단하면서도 부드러운 미색의 치즈로 와인이나 과일 또는 따뜻한 채소 위에서 녹여 먹으면 일품이고 소고기와도 잘 어울리는 치즈다. 전통적으로 프랑스에서는 정식을 먹을 때 메인 음식이 나온 후 치즈코스가 나온다. 그리고 디저트가 마지막에 나온다. 어떤 경우에는 디저트 대신 치즈를 먹기도 한다. 또 아페리티프Apéritif, 줄여서 아페로Apéro라고 부르는 프랑스 식문화의 중요한 의식과 같은 풍습이 있다. 아페로는 저녁 식사를 하기 전 간단하게 마시는 술과 손으로 집어 먹을 수 있는 안주 등이 함께 나오는 것을 말한다. 이때는 식사 전에 치즈를 먹기도 한다.

—— '한 나라의 문화를 알려면 그 나라의 음식을 먹어봐야 한다'는 말이 있듯이, 우리 부부는 시간이 허락할 때마다 주변 마을들의 맛있는 식당을 찾아 투어한다. 우리가 몰랐던 식재료와 음식문화에 대해 알아가는 재미가 쏠쏠하다고나 할까. 프랑스 작은 마을의 맛집을 찾아다닐 수 있는 것만으로 프랑스로의 은퇴와 귀농은 성공적이라고 말하는 그램의 말에 나도 동의하는 바이다.

L'art de vivre à la Française

노르망디 치즈 이야기

처음 슈퍼마켓에 갔을 때 너무나 많은 치즈 종류를 보고 어리둥절했다. 그램과 달리 나는 치즈를 그닥 좋아하지 않지만, 그중 딱 한 가지 알고 있는 치즈가 까망베르Camenbert였다. 노르망디의 작은 마을 까망베르와 이름이 같은 이 치즈는 얇고 하얀 껍질 안에 크림처럼 부드러운 치즈가 들어 있다. 까망베르 치즈의 유래는 이렇다. 프랑스 혁명 시절 브리Brie라는 치즈로 유명한 지역의 수도승이 있었다. 그는 영국으로 넘어가기 위해 노르망디의 까망베르 지역까지 오게 되었는데, 그때 마리 하렐Marie Harel이라는 농부의 아내에게 자신을 숨겨준 보답으로 치즈 만드는 비법을 알려주었고 그것이 지금의 까망베르 치즈라고⋯. 유명한 치즈의 고향이 집과 가까운 곳에 있다는 사실을 알았을 때 괜히 신이 났다. 그곳의 치즈 박물관에서는 노르망디 지역의 유명한 치즈 역사를 한눈에 볼 수도 있다. 까망베르Camembert, 리바호Livarot, 퐁레베크Pont-l'évêque, 누샤텔Neufchâtel 등 4종류는 치즈가 만들어지는 동네 이름과 같은 이름이 붙은 치즈들이다. 집으로 초대한 친구들을 위해 간단한 점심 대용으로 준비하는 *치즈보드를 만들 때에도 빼놓지 않고 등장하는 하트 모양의 치즈가 누샤텔 치즈라는 것을 박물관에 가서 알 수 있었다. 그리고 그 치즈에 숨겨진 재미있는 사연도 알게 되었는데, 백년전쟁 때 말도 통하지 않았던 영국 병사와 사랑에 빠진 노르망디의 시골 소녀가 하트 모양의 치즈를 만들어 사랑을 고백하면서 만든 치즈였다고 한다. 치즈에까지 이처럼 감성적인 이야기가 깃들여 있는 프랑스는 낭만적인 나라임에 틀림 없다.

※ **치즈보드** 여러 가지 치즈와 과일 등으로 만든 간단한 상차림

—— 집 근처 마을에 내가 종종 찾는 빵집과 프랑스 전통음식을 맛볼 수 있는 작은 레스토랑, 티숍

—— 매주 화요일과 토요일이면 집 근처 마을 바뉼 드 론에서 재래시장이 열린다. 근처 농장에서 직접 수확
한 싱싱한 채소뿐만 아니라 육류, 해산물까지도 살 수 있다.

프랑스의 벼룩시장

프랑스에는 크게 앤티크 마켓, 브로캉트 마켓, 그리고 비드 그르니에라는 3개 종류의 벼룩시장이 있다. 그중 내가 가장 좋아하는 벼룩시장은 비드 그르니에^{Vide grenier}, 즉 '다락을 비우다'라는 뜻을 가진 마켓이다. 주말이나 공휴일에 마을의 교회를 중심으로 열린다. 비드 그르니에는 보통 그 마을 사람들이나 이웃마을 사람들이 참여하는 시장으로 5유로 정도면 물건을 팔 자리를 살 수 있다. 마켓에서는 그들에게 더 이상 필요 없다고 생각하는 생활용품이나 중고가구를 주로 판매하는데, 직접 만든 공예품이나 손수 기른 꽃과 채소를 파는 사람들도 있다. 가끔은 전문 앤티크상들도 참여해 저렴한 가격에 물건을 내놓기 때문에 평소 갖고 싶었던 물건을 싸게 구입할 수도 있어 나에게는 늘 신기한 보물창고이자 즐거운 프렌치 놀이터가 된다. 한번은 정말 좋아하는 디자인의 프렌치 침대를 벼룩시장에서 발견했는데, 호주 앤티크숍에서 비싼 가격 때문에 살 엄두를 못 내고 구경만 했던 그런 침대였다. 천은 낡아서 다 떨어지고, 앙상한 나무 뼈대만 남아 있었지만 낡은 가구의 천갈이를 배운 나에게는 또 하나의 좋은 프로젝트가 될 만한 가치가 있어 보였다. 나의 로망 프렌치 침대를 단돈 20유로에 살 수 있었던 곳, 바로 프랑스 벼룩시장의 매력이다.

마을 전체가 참여하는 축제와 같은 비드 그리니에는 다른 말로 푸아 라 뚜 Foire à tout 즉 '모든 것이 있는 축제'라고 불리기도 한다. 아이들을 위한 놀이동산도 꾸며지고, 갖가지 음식을 파는 즉석 음식점들도 들어선다. 또한 음악회나 춤을 추는 공연도 구경할 수 있어 현지인들의 삶과 문화를 엿보는 좋은 기회가 되기도 한다.

나는 집에서 멀지 않은 바뇰 드 론에서 1년에 두 번(5월과 9월) 열리는 비드 그리니에 겸 브로캉트 마켓을 가장 좋아한다. 두 마을을 통과하는 5㎞ 정도의 도로가 이틀 동안 거대한 브로캉트 마켓으로 변신한다. 마켓은 현지 마을 사람들뿐 아니라 프랑스 전역에서 온 전문 앤티크상들이 참여하는 큰 행사로 진행된다. 하루 종일 구경해도 다 돌아보지 못할 정도이다. 처음 이곳을 구경했을 때 별별 신기한 물건들이 이곳에 다 모여 있는 듯해서 그야말로 빈티지 천국이라는 생각이 들었다.

생전 처음 보는 물건부터
낡아서 아무도 관심 갖지 않는 물건들까지.
벼룩시장이 나에게 주는 영감은 무궁무진하다.

벼룩시장 쇼핑 준비물

내가 경험한 프랑스 시골사람들은 대부분이 친절하다. 내가 외국인이라고 물건값을 비싸게 부르는 일도 거의 없고, 무거운 물건들은 차까지 가져다주겠다고 선심 쓰는 상인들도 많다. 불어를 잘 하지 못하더라도 어느 정도 예의만 갖추면 얼마든지 시골 벼룩시장에서 좋은 물건들을 저렴하게 구할 수 있는 나만의 요령이 생겼다.

쇼핑백   깨지는 물건은 신문지나 비닐봉지로 포장해주기도 하지만, 꼭 그런 것만은 아니다. 쇼핑백을 주는 곳은 거의 없으므로 꼭 챙겨가야 한다. 나는 프랑스 슈퍼마켓에서 살 수 있는 튼튼한 플라스틱 쇼핑백을 몇 개 가져간다.

계산기   불어가 서툴 경우 가격을 알려달라고 하거나 흥정할 때 꼭 필요하다. 숫자는 만국 공통 언어이니까.

잔돈   1유로, 2유로 동전과 5유로 지폐를 되도록 많이 준비한다. 외국인들이 주로 가는 파리의 벼룩시장에서는 가끔 신용카드나 고액의 지폐를 받기도 한다. 그러나 시골마을 벼룩시장에서는 신용카드나 고액의 지폐를 사용할 수 없다. 이 점을 알고 가자.

자, 준비물을 모두 챙겼다면 프랑스 시골 벼룩시장에서 쇼핑하는 요령을 알아보자.

1. 일찍 도착한다

보통 시골에서 열리는 브로캉트나 벼룩시장은 아침 6~7시 사이에 개장한다고 광고를 한다. 하지만 나는 보통 광고한 시간보다 1시간 정도 늦게 도착한다. 그 정도면 모든 상인들이 거의 물건을 다 펼쳐 놓았을 때이고, 아직은 구경을 나온 사람들이 적어 한산하기 때문이다. 처음에는 좋은 물건들을 먼저 보고 싶은 생각에 개장시간에 맞추어 간 적도 있었지만, 물건을 다 펼쳐놓지 않은 상인들이 많다는 걸 곧 알게 되었다.

2. 인사하는 것을 잊지 마라

프랑스 사람들은 지나가는 모르는 사람들에게도 '봉주르(안녕하세요)'라고 인사를 한다. 나의 경험으로 봤을 때 역시, 웃는 얼굴로 먼저 '봉주르' 인사를 하고 물건 구경을 하면 마음에 드는 물건을 흥정할 때 도움이 되었다. 그리고 물건을 구매했든 아니든 '메르시Merci, 본 쥬흐네Bonne journée(감사합니다. 좋은 하루 되세요)'라고 인사하고 다른 곳을 구경하는 것도 잊지 말자. 인사 잘 해서 손해 볼 일은 하나도 없다.

3. 흥정을 두려워하지 마라

보통 10% 정도의 가격은 깎아주기도 한다. 하지만 전문적인 딜러처럼 보일 때는 그 이상도 흥정이 가능하다. 가격을 붙여놓았더라도 흥정을 충분히 시도해볼 만하다.

4. 그냥 지나가는 용기도 필요하다

아무리 마음에 드는 물건이라도 가격이 비싸다고 느껴지거나 혼자 가져갈 수 없는 큰 물건, 무거운 물건은 그냥 지나가는 용기도 필요하다. 물론 나의 많은 경험에서 나온 이야기다. 아무리 비싸다고 해도, 한국 앤티크 가게나 빈티지 가게의 가격과 비교하면 저렴할 수 있지만, 물건을 따로 우편으로 보내야 한다거나, 비행기 무게 초과 요금을 지불해야 할 경우라면 생각처럼 저렴하지 않을 수도 있다.

그 외 프랑스 벼룩시장

릴의 벼룩시장
La Grande Braderie de Lille

파리에서 북쪽으로 약 220km 지점에 위치한 마을 릴Lille에서 1년에 한 번(9월 첫 번째 토요일, 일요일) 열리는 벼룩시장이다. 중세시대부터 시작되었다는 릴 벼룩시장은 시청을 중심으로 많은 길거리가 벼룩시장으로 변한다. 약 1만 명의 상인들이 참여하는 유럽에서 가장 큰 규모의 벼룩시장이다.

주소 Centre ville 59800 Lille France **운영** 매년 9월 첫 번째 토, 일요일 08:00~18:00
교통편 파리 북역에서 릴 플랑드르Gare lille Flandres역까지 고속열차로 1시간 정도 소요.

아미앙 벼룩시장
La Réderie d'Amiens

릴 벼룩시장에 이어 프랑스에서 두 번째로 큰 벼룩시장. 장이 열리는 아미앙은 파리에서 북쪽으로 약 145km 지점에 위치한다. 15km나 되는 길거리가 1년에 두 번(봄에는 4월 마지막 일요일, 가을에는 10월의 첫 번째 일요일) 벼룩시장의 천국으로 변한다. 전문 앤티크상이나 일반 상인을 포함해 약 2,000여 명의 상인들이 모여 벼룩시장을 개최한다. 1800년 초부터 이곳에서 벼룩시장이 형성되었다는 기록이 있을 만큼 오래된 벼룩시장 중 하나다.

주소 rue de Metz 80000 Amiens **운영** 매년 4월 마지막 일요일, 10월 첫 번째 일요일 08:00~18:00
교통편 파리 북역에서 아미앙Gare Amiens역까지 기차로 1시간 40분 정도 소요.

렌의 생마르탱 벼룩시장
La Braderie du Canal
Saint-Martin in Rennes

1968년 아이들의 장난감을 팔거나 교환하는 시장으로 시작해서 지금은 릴과 아미앙에 이어 세 번째로 큰 벼룩시장이 되었다. 렌의 생마탕 운하를 중심으로 해마다 9월 세 번째 일요일에 열린다. 벼룩시장에 참여하는 상인들 수는 3,000여 명에 이른다고 한다. 비 드 그리니에부터 전문 앤티크상까지 참여하기 때문에 페이 드 라 루아르 지역에서는 가장 규모가 큰 벼룩시장이다.

주소 Canal Saint-Martin 35000 Rennes **운영** 매년 9월 셋째 주 일요일 08:00~18:00
교통편 파리 북역에서 렌Gare de Rennes역까지 기차로 1시간 40분 정도 소요.

샤토 샹보드 벼룩시장
Grande Brocante de Chambord

루아르 밸리에서 가장 크고 아름다운 성 샹보드에서 매년 5월 1일에 열리는 브로캉트 마켓이다. 성을 배경으로 열리는 이 앤티크 브로캉트는 프랑스 전역에서 전문 앤티크상들이 대거 참여하는 벼룩시장으로 가격은 다른 곳에 비해 비싼 편이지만, 좋은 앤티크와 빈티지를 구할 수 있다.

주소 Château de Chambord, 41250 Chambord **운영** 매년 5월 1일 05:00~18:00
교통편 파리 오스테리츠Gare D'austerlitz에서 블루와 샹보드Gare de Blois Chambord역까지 기차로 1시간 30분 ~2시간 20분 정도 소요되고, 역에서 샤토까지는 20km 정도 떨어져 있다.

프랑스 작은 마을의 상점들

쾌쾌한 앤티크 책이 풍기는 냄새는 향수처럼 느껴진다. 누군가에게 먼저 사랑을 받았고, 오랜 세월의 흔적을 그대로 간직하고 있는 물건들이 주는 감성은 무엇과도 비교할 수 없을 만큼 흥미롭다. 나는 주말마다 벼룩시장을 순례하는 일이 일상이 되었다. 주중에는 특별한 계획 없이 이곳저곳 작은 마을을 무작정 구경하러 길을 나서기도 한다. 길을 가다 앤티크, 브로캉트 간판을 보면 차를 돌리는 한이 있더라도 들어가서 구경하는 재미가 쏠쏠하다. 가끔은 길을 잃고 헤매다가 발견한 작은 상점들을 구경하는 게 프랑스 시골에 살고 있는 특혜일 거라는 생각도 해본다.

우리집 대부분의 가구와 소품들은 누군가 사용하던 중고품들이다. 100년이 넘은 앤티크도 있고, 그리 오래되지 않은 빈티지 제품들도 있다. 그 많은 가구와 소품들을 어떻게 구했는지 의아해하는 친구들은 내가 어디서 물건을 구입하는지 궁금하게 생각한다. 가끔 운 좋게 대형 앤티크 숍을 발견하기도 하고, 프랑스 친구들의 소개에 의해 이곳저곳을 찾아다니기도 한다. 한적한 시골의 농가 창고를 개조해 만든 라이프 스타일숍과 티살롱, 우연히 발견한 작은 마을의 서점, 인테리어가 아름다운 브로캉트숍과 레스토랑 등등. 이런 곳들이 있기 때문에 시골생활은 하루하루가 흥미롭다.

라 메종드 오베

La Maison d'Horbé
—— **Laurent & Robert**

라 뻬흐리에 마을에 유일한 프렌치 레스토랑과 카페, 갤러리이자 브로캉트숍이다. 한때 이곳에서 파리의 패션 디자이너들이 선호하던 그물 같은 레이스를 만들기도 했다. 1850년에 심어진 등나무가 건물을 타고 올라가 운치가 넘친다. 또 작은 테라스와 여러 가지 주제로 꾸민 식당은 귀부인의 부드와를 연상하게 하는 멋진 인테리어로 되어 있다. 그날 그날 시장에서 나오는 신선한 재료로 만들어지는 프렌치 전통음식은 요리사 로랑과 로버트 아저씨의 작품이다.

www.lamaisondhorbe.com
La Grande Place - La Perrière, 61360 Belforêt-en-Perche, France

L'art de vivre à la Française

라 드뮤어 두 리브르

La Demeure du Livre
—— **Marc**

라 뻬흐리에 마을의 유일한 서점. 주인장 아저씨 마크의 남다른 감각과 시선으로 꾸며진 도시인들을 위한 작은 은신처다. 희귀한 앤티크 책부터, 중고 서적, 그림, 사진 등을 전시 판매하고, 커피와 차를 마실 수 있는 공간도 마련되어 있다. 서점으로 들어가는 입구에 걸린 노란 우체통이 인상적이다. '시가 있는 상자'라고 적힌 상자. 이곳으로 시를 보내주면 마크 아저씨가 선별을 하고, 엽서로 제작하여 모르는 사람들에게 보내진다. 벌써 전세계 2,500여 명에게 엽서를 보내기도 했다.

La Grande Place - La Perrière, 61360 Belforêt-en-Perche, France

쉐누 캄파뉴

Chez nous Campagne
—— **Cécile and Franck**

자연 경관이 아름답기로 소문난 르 페르슈 지역에 위치하고 있는 세실과 프랭크의 집은 전형적인 프랑스 시골집 모습이다. 세실은 이곳의 창고를 개조해 앤티크, 브로캉트숍과 카페를 운영 중이다. 가게 앞에서 한가로이 풀을 뜯는 소떼를 볼 수 있고, 앞마당에는 정원용품들과 테이블들이 자연스럽게 놓여 있어 잠시 구경하며 쉬어 가기에도 좋은 곳이다. 이곳에서는 계절마다 주변의 아티스트를 초대해 여러 가지 행사를 치른다.

www.chez-nous-campagne.com
Les Joncherets, 61190 Bubertré, France

머블르 드 이에 에 오주두이
Meubles d'Hier et d'Aujourd'hui
—— **Annick**

몽생미셸을 가던 길에 우연히 발견한 대형 앤티크, 브로캉트숍. 고풍스럽고 웅장한 건물을 개조해 숍으로 운영하고 있다. 친절한 주인장 야닉 아주머니께서 이곳에서 40년째 사업을 하고 계신다고 자랑스럽게 이야기해주셨다. 앤티크 가구부터 작은 소품, 차이나, 리넨 같은 소품들로 꽉 차 있다.

6 La Breudiere, 50220 Poilley, France

파스칼 앤티크숍
Pascal Antique shop
—— **Pascal**

온천마을 바뇰 드 론 중심에 위치하고 있는 작은 앤티크숍이다. 파스칼과 동명이인인 파스칼 아저씨는 직접 모든 물건들을 수리하고, 낡은 물건을 이용해 새로운 오브제를 만들기도 한다. 큰 가구는 많이 없지만, 조명이나 작은 소품들이 많은 곳이며 가격도 저렴한 편이다.

Rue des Casinos, 61140 Bagnoles-de-l'Orne, France

CINQ

Mes amis et

VOISINS

나의 프랑스 친구들과 이웃

프랑스 시골로 은퇴와 귀농을 원했던 남편, 오래된 낡은 집을 마음대로 고쳐 보겠다는 나의 마음. 우리 부부는 '봉주르'와 '메르시' 정도의 불어로 용감하게 무장한 채 친구나 아는 사람도 하나 없는 프랑스로 이사를 결심했다. 많은 사람들은 프랑스인들을 '오만하고 고상한 척하는 자국 우월주의자'라는 인식이 강하다. 일례로 자국어에 대한 자부심 강한 프랑스 사람들이 영어를 일부러 배우지 않는다든가, 영어를 할 줄 알면서도 외국인이 영어로 길을 물으면 모르는 척 대답하지 않는다는 말들이 있다. 그러나 세계적인 관광 도시가 된 만큼 지금은 파리에 살고 있는 사람들도 영어를 꽤 잘하고 외국인들에게도 대부분 친절하다.

그렇다면 프랑스 시골사람들은 어떨까? 프랑스 시골사람들은 거의 영어를 못하고 꽤 폐쇄적이라고 들었는데, 작은 시골마을 사람들이 가장 큰 집을 산 이방인 부부를 어떻게 생각할지 걱정이 되기도 했다. 그러나 프랑스 시골사람들은 우리가 생각했던 것보다 더 우호적이고 친절했다. 슈퍼마켓이나 공구상에서도, 우체국이나 약국에서도 불어를 못하는 나의 손짓 발짓에 어떻게든 도와주려고 애쓰는 것만 봐도 그들의 친절함을 알 수 있었다. 앤티크상 파스칼은 작은 시골마을에서 나와 같은 동양 사람을 만나는 것은 정말 희귀한 일 중 하나라고 했다. 물론 좋은 뜻으로 한 말이라고 생각한다. 동양인이라고는 찾아볼 수 없는 그런 곳에 살다 보니 가끔은 민망할 정도로 뚫어지게 쳐다보거나 조금은 경계 가득한 눈초리로 보는 사람들도 있긴 하다. 하지만 그들은 그냥 쳐다보기만 할 뿐 나에게 피해를 주거나 불이익을 당하게 한 경우는 없다. 단지 검은 머리의 동양여자와의 흔하지 않은 마주침에 생기는 호기심 때문일 것이란 걸 안다. 만약 한국의 시골에 파란 눈을 가진 금발머리의 외국인이 나타난다면 우리 역시 그들에게 호기심 어린 눈길을 주지 않겠는가.

공사를 하는 동안에도 그렇고 우리가 이사를 온 후로도 우리 가족이 프랑스 생활에 잘 적응할 수 있도록 많은 사람들이 우리를 도왔다. 시간이 지나면서 마을 사람들과도 왕래하며 정말 이웃이 되기 시작했고, 조금 멀리 떨어진 사람들과도 알게 되어 친구로 지내고 있다. 이제 그들과 아페리티프를 나누어 마시며, 오래된 집을 고치고 관리하는 방법부터 그들만의 정원 관리법을 함께 공유한다. 여기저기서 벌어지는 시위의 원인이 무엇인지, 근처에 어떤 행사가 열리는지도 함께 이야기한다. 살수록 궁금한 것들이 많아지는 프랑스 생활에 언제든 찾아가 이야기를 나눌 수 있는 친구와 이웃들이 있다는 것! 이런 것들이 있어 프랑스 시골생활은 무료할 틈이 없다.

"Each friend represents a world in us,
a world possibly not born until they arrive,
And it is only by this meeting that a new world is born."

친구란 우리가 그들을 만나기 전까지는 알 수 없었던 또 다른 세계를 상징한다.
즉, 새로운 친구를 만난다는 건 새로운 세계를 만나는 것이다.
– 아나이스 닌Anaïs Nin –

마담 보들레와 쟝 클로드
Madame Bordelet & Jean Claude

"봉주르, 마담 보들레!", "봉주르, 쥴리! 잘 지내죠?"
"좋은 하루 보내세요.", "쥴리도 좋은 하루 보내요."

마담 보들레와 나의 대화는 항상 이렇게 짧게 끝났다. 그녀는 한마디의 영어도
못하고, 처음에는 나 또한 겨우 인사만 할 정도의 불어 실력이었기 때문이다. 올
해 84세가 되신 마담 보들레는 우리집 바로 건너편 집에 살고 계신다. 거의 6년
동안 굳게 닫혀 있던 앞집의 대문이 열리고 공사차량과 인부들이 오가는 걸 보며
새로운 집주인이 어떤 사람일지 꽤 궁금하셨을 거다. 그녀의 집 커튼 뒤에서 가
끔씩 우리집을 지켜보고 계시는 것만으로 충분히 짐작할 수 있었다. 마담 보들레
의 남편은 우리가 그녀의 이웃이 되기 몇 해 전에 지병으로 돌아가셨다고 한다.
현재 그녀는 '일톤'이라는 이름의 잘생기고 윤기가 좌르르 흐르는 밤색 털의 라브
라도와 함께 살고 계시는데, 일톤은 내가 이름만 불러도 주차장 안으로 쏙 숨어
버린다. 친해보려고 갖은 아양을 부려도 눈도 안 마주친 채 어디론가 숨는 일톤
역시 내가 독특한 동양 여자라는 걸 눈치 챈 것 같다. 어느 날, 방문객이라고는
공사하는 인부들 말고 거의 없는 우리집에 누군가 현관문을 쾅쾅 두드렸다. 마담
보들레의 아들이라는 사람이 찾아왔다. 쟝 클로드라고 소개한 그는 영어를 꽤 잘
했다. 차 한 잔을 내어주며 그와 이런저런 이야기를 했는데, 그의 말로는 우리집
의 전 주인 할머니와 자신의 부모님은 그리 좋은 사이가 아닌 듯했다. 우리집 정
원에 있는 커다란 포플러 나무가 문제였는데, 초여름이면 솜 같은 씨앗들이 우리
집 정원뿐 아니라 마담 보들레의 집 정원까지 소복이 쌓였다고 했다. 20여 년 동
안 그 나무들을 잘라줄 것을 요청했지만, 워낙 깐깐한 성격의 전 주인 할머니는
마담 보들레의 요청을 내내 묵인하셨단다. 그의 아버지가 돌아가시기 전, 어머니
살아 생전에 나무들이 잘려지는 일은 없을 것이라고 하셨다니, 마담 앙리오와 마
담 보들레 사이를 짐작하고도 남는 일이었다.

그날 쟝 클로드가 우리집에 들른 이유는 포플러 나무 이야기를 하기 위해서였다. 새로운 주인이 된 우리에게 나무들을 잘라줄 수 없겠느냐는 것이다. 쟝 클로드가 돌아간 후 호주에 있는 남편에게 이야기를 전했다. 아무리 그래도 일곱 그루나 되는 커다란 나무를 처음 보는 자리에서 부탁하는 건 예의가 아닌 듯 싶었다. 씨앗이 날리고, 나뭇잎이 떨어지는 건 시골에 살면 당연한 일 아닌가. 나는 혹시나 하는 생각에 우리가 나무를 잘라줘야 하는 것인지 여기저기 물어보았지만, 1년 중 한 달 정도 날리는 씨들 때문에 나무를 잘라야 하는 의무는 없었다. 그러나 인심 사나운 이웃이 되고 싶지도 않았다. 그램과 나는 1년을 꼬박 고심한 후 다음 해 겨울에 포플러 나무 일곱 그루를 모두 잘랐다. 무려 20년 이상 분쟁해온 나무가 잘리면서 마담 보들레의 오랜 숙원이 이루어진 것이다.

집을 방패처럼 둘러싸 멀리서부터 보이던 커다란 나무들이 보이지 않으니 한동안 서운하고 앞마당이 뻥 뚫린 것 같아 허전했다. 하지만 장점도 있었는데, 집보다 높이 자란 나무들이 사라지자 집에 햇볕도 더 잘 들었고 시야도 넓어져 멀리 초원까지 내려다 보였다. 이후 이런 사정을 다 알고 있었던 듯 동네사람들이며 마을 이장님까지도 나와 그램을 대하는 태도가 확연히 바뀌기도 했다. 그래 좋은 게 좋은 거니까, 나무야 다시 심으면 되는 거니까…. 그렇게 우리는 이웃과 어울려 살줄 아는 인정 넘치는 새 이웃으로 받아들여졌다.

—— 무성하게 자란 나무 때문에 유조차가 들어오지 못하자, 우리가 이웃을 위해 나무를 자르기로 호의를 베푼 것에 보답이라도 하듯 쟝 클로드가 서슴없이 전기톱으로 나무를 잘라주었다.

샹탈
Chantal

우리집 옆에는 작은 사무실과 커다란 농기구들이 주차되어 있는 곳이 있다. 그곳은 트랙터와 농작물 수확기 같은 농기구를 마을 주민에게 대여해주거나 농작물을 수확하고 땅을 갈아주는 일을 해주는 곳이다. 앞집 이웃인 마담 보들레의 시부모님이 1924년부터 시작한 사업장이다. 이사를 온 후 말이 잘 안 통해도 언제나 최선을 다해 우리 일을 도와주던 샹탈이 마담 보들레의 딸이라는 걸 한참 후에야 알았다. 수확 철이 되면 트랙터들이 좁은 시골길을 쉴새없이 바삐 움직이는 것처럼 시골 창고를 개조해 만든 샹탈의 사무실에도 이른 새벽부터 늦은 밤까지 불이 켜진 걸 볼 수 있다. 샹탈은 이 마을에서 태어나서 자라 집 안의 가업까지 물려받아 일하는 전형적인 프랑스 시골 사람이다. 16세 어린 나이에 시작한 일이 내년이면 60세, 정년퇴직을 앞두기까지 외길 인생을 살아온 것이다. 그녀에게 처음 인사하러 갔을 때, 이웃으로 이사를 온 이방인들의 모습이 얼마나 신기하게 느껴졌을지 그녀의 눈빛만 봐도 알 수 있었다. 그런데다 지난 5년 동안 호주와 프랑스를 오가면서 집수리를 하는 내가 예사롭지 않은 사람이라고 생각하고 있었음에 분명하다. 그녀는 자주 우리집에 들러 우리집의 전 주인들의 이야기와 마을의 이런저런 이야기들을 들려주었다. 생각해보면 우리 낡은 집이 매일 어떻게 바뀌고 있는지 몹시 궁금했던 것 같다. 하루는 그녀가 가장 좋아하는 프랑스 인테리어 잡지사 관계자들이 우리집을 촬영하기 위해 파리에서 온 적이 있는데, 그날 그녀의 놀라워하던 눈빛을 아직도 기억한다. 작은 시골마을에 묻혀 있던 집이 내가 이사를 온 후로 유명해졌다며 내가 무슨 소용돌이라도 몰고 나타난 듯 신기하게 생각했다.

프랑스 사람들은 쉽게 마음을 열지 않는다는 이야기와 이웃과 너
무 친하게 지내지 말라는 이야기를 근처 영국 지인들에게 종종
들었다. 어떻게 그런 말이 생겼는지 아직도 의문이지만, 친해지
고 나면 뭐든 나서서 도와주려고 한다는 것도 이제는 알았다. 샹
탈은 바쁜 시간을 쪼개어 정원의 일을 돕기도 하고, 장기간 집을
비울 때 우리집 정원 식물들에까지 물을 준다. 내가 돌아와 공사
를 할 때면 꽃이나 그녀의 포타제에서 재배한 싱싱한 채소를 가
져다주기도 한다. 또한 수확한 과일로 만든 잼이나 맛있는 케이
크를 구워주기도 한다.

샹탈의 집은 우리집에서 약 1㎞ 떨어진 마을 안쪽에 위치한다. 그녀는 커다란 연못이 2개나 있는 약 10에이커나 되는 넓은 공원과 같은 곳에서 산다. 알록달록 예쁜 꽃들에 둘러싸인 그녀의 핑크색 집은 건축한 지 15년 정도 된 현대식 주택이다. 프랑스 사람들은 난방비와 수리비는 물론 유지 보수를 하는 데에도 비용이 많이 들어 오래된 집을 선호하지 않는다고 했다. 오래된 낡은 집을 고쳐서 사는 게 평생의 꿈이던 나 역시 그 말을 충분히 이해한다. 몇 년 살아보니 단열재가 들어가지 않은 두꺼운 돌 벽으로 매서운 겨울 추위와 대응하는 것이 쉽지 않은 일이라는 걸 너무나 잘 알게 되었다.

여름의 끝자락, 주렁주렁 매달린 사과들이 빨갛게 익어갈 때쯤이면 샹탈과 그녀의 어머니 마담 보들레, 그리고 나 이렇게 셋이 호숫가 사과나무 아래에서 피크닉을 즐기기도 한다. 공사장 언어로 배운 나의 불어 실력이 이제 제법 대화를 나눌 정도로 늘었다 해도 내가 알아듣건 말건 쉴새없이 불어로 말을 건네는 마담 보들레와 영어를 좀 더 잘하고 싶은 마음에 나만 보면 영어로 말하는 샹탈. 두 사람과의 대화가 정신없거나 어렵게 느껴지지만 정원에서 딴 미라벨 자두와 갓 구워온 사과 파이를 함께 나누어 먹으며 소풍을 즐길 수 있는 이웃이 있다는 건 정말 큰 행운이다.

파스칼
Pascal

집에서 멀지 않은 곳에 나의 놀이터와 같은 앤티크숍이 있다. 집수리가 한창이던 어느 가을 날, 노르망디의 작은 마을에서 벼룩시장이 열린다는 정보를 듣고 찾아가던 길에 우연히 발견한 앤티크숍. 태양왕 루이 14세를 뜻하는 '르 후와 솔레*Le Roi Soleil*'라는 멋진 이름의 가게로 태양왕 초상화를 배달용 트럭에 커다랗게 그려놓은 재치 있는 사장님이 운영하는 곳이다. 이곳의 주인은 이미 본문 여러 곳에서 소개했듯이 앤티크상 파스칼이다. 파스칼은 이곳에서 25년째 가게를 운영 중인데, 앤티크 가구와 소품 판매뿐 아니라 가구 수선과 제작 솜씨도 훌륭한 인심 좋은 사장님으로 통한다. 처음 이곳을 발견한 이후 나는 참새가 방앗간을 그냥 못 지나가듯 하루가 멀다 하고 들락거렸다. 집 근처에도 몇 개의 크고 작은 앤티크숍이 있었지만, 말이 잘 통하지 않아서인지 주인들이 모두 친절하게 대해주지는 않았다. 그러나 파스칼은 다른 앤티크상들과는 달리 내가 알아듣지 못한다는 걸 뻔히 알면서도 관심을 보이는 물건에 대해 주저리주저리 끈임 없이 설명하곤 했다.

파스칼의 영어는 'Thank you' 정도였고 나의 불어도 간단한 인사 정도였으니, 파스칼에게 내가 원하는 물건을 설명하고 구입하는 것은 쉽지 않은 일이었다. 그뿐 아니라 물건값을 알아듣고 계산하는 데에는 현기증이 날 정도였다. 프랑스 숫자 세기와 발음 또한 생소하고 어려워 프랑스 셈 방식으로 물건을 구매한다는 건 늘 어려운 숙제였다. 하지만 파스칼은 매번 친절하게 종이에 숫자를 써서 보여주며 열심히 설명해주었다. 우스갯소리를 하나 하자면 나는 현재 불어 중 숫자 세기를 가장 잘한다. 집 공사와 인테리어를 하면서 가장 먼저 배워야 했던 게 돈 계산과 이곳저곳의 길이 측정이었기 때문이다.

파스칼은 집 공사를 하고 있는 나에게 자신의 집도 아버지와 함께 직접 보수 공사했고, 앤티크숍도 직접 공사해서 지은 거라고 끝도 없이 자랑했다. 가구 설치는 물론 우리집에 문제라도 생기면 전문가를 알아봐 준다거나, 필요한 가구를 직접 제작해주기도 한다.

파스칼과 나는 지금도 항상 물건값을 흥정하는 깐깐한 주인과 손님의 관계다. 한편 파스칼은 우리에게 생기는 크고 작은 문제들을 해결해주는 해결사이기도 하다. 자동차 수리나 교회 문제 등 프랑스 생활에 필요한 일들을 알려주고, 만나면 이런저런 수다 떨기에 여념 없는 시골아저씨와 아줌마 같은 친한 친구 사이가 되었다.

—— 파스칼의 앤티크숍 구경을 하다 보면 다른 시대에 와 있는 듯한 착각에 빠지기도 한다. 많은 물건들에 또 어떤 이야기가 숨어 있을지 상상해보면서 말이다.

소피와 필립
Sophie & Philippe

프랑스 여성들에게서 은근히 풍겨 나오는 자신감이나 특별히 꾸민 것 같지 않은 자연스러운 아름다움이 어디에서 나오는 건지 늘 궁금했다. 소피에게 슬쩍 물어보았지만 특별한 대답은 들을 수 없었다. 아마 그들도 모르는 그들만의 생활이나 습관 속에서 자연스럽게 생겨난 것이 아닐까 싶다.

영국의 유명한 원단회사에서 근무하던 소피를 만난 것은 우연히 찾아간 파스칼의 앤티크숍에서였다. 말이 통하지 않아 손짓 발짓으로 파스칼과 물건값을 흥정하고 있을 때, "의사소통이 잘 안 되시나 봐요? 제가 도와줄 일이 있으면 말씀하세요. 통역해 드릴게요." 하며 유창한 영어로 내게 말을 건넸다. '아, 네 정말 감사합니다' 하고 인사를 하며 바라본 그녀는 내 나이 또래로 보이는 중년의 우아한 옷차림을 하고 있었다. 그날 그녀는 나와 파스칼 사이에서 통역인 역할을 해주었다.

"주말엔 혼자서 뭐 하세요, 혹시 시간이 되면 저희 집에 놀러 오시겠어요?"

내가 호주에서 건너와 혼자 남아서 집을 고치고 있다고 말하자, 처음 만난 나를 자신의 집에 초대했다. 생각지도 못한 뜻밖의 초대에 어리둥절해하는 나를 보며 소피는 다시 한 번 설명해주었다. 그녀와 그녀 남편 필립의 친구들이 가끔 자기 집에 모여 식사를 하는데, 편하게 모여 이야기하는 모임이니 괜찮으면 꼭 놀러 오라는 것이다. 공사하는 사람들이 쉬는 주말이면 산더미 같은 서류 정리를 하거나, 근처 벼룩시장을 구경하거나, 무작정 차를 타고서 못 가본 마을 구경을 하는 것이 혼자서 주말을 나는 방법들이었다. 프랑스 사람들이 어떻게 사는지도 궁금했고, 나와 비슷한 또래의 친구가 생긴다는 즐거운 마음에 나는 그녀의 초대에 흔쾌히 승낙했다.

소피는 우리집에서 북쪽으로 100㎞ 정도 떨어진
리지유Lisieux 근처에서 살고 있었다. 그녀가 알려
준 주소만 보고 찾아간 그녀의 집은 상상보다 훨
씬 근사했다. 숲으로 둘러싸인 핑크색 집은 벽을
따라 담쟁이와 장미덩굴이 창문을 타고 자라 있
고, 집 안은 아늑하면서도 독특한 분위기가 있는
편안한 스타일의 프렌치 인테리어로 치장되어 있
었다. 그녀의 집은 1800년대 헌팅 로지Hunting lodge
로 지어져 귀족들이 사냥을 즐기던 별장으로 사
용한 곳인데, 20여 년 전 소피 가족이 파리에서 이
사를 와서 남편과 두 아이와 함께 살고 있었다.

—— 소피 집의 프렌치 인테리어는 꾸미지 않은 듯 자연스러움과 건물 자체에서 풍겨 나오는 멋스러움까지 잘 조화를 이루고 있다.

그녀의 집으로 들어가자 이미 도착해 있던 친구들과 그녀의 남편 필립이 나를 반갑게 맞이했다. 나를 제외하고는 모두 프랑스 사람들이었지만 다행히 모두들 영어가 유창한 편이었다. 필립은 샤넬이 34년이나 살았던 곳으로 유명한 리츠 호텔의 매니저였고, 전 세계 단 하나밖에 없는 샤넬 스파를 탄생시킨 장본인이기도 하다. 그날 온 필립의 친구들 중에는 헤밍웨이가 즐겨 찾아 이름 붙게 된 리츠 호텔의 헤밍웨이 바The bar Hemingway에서 헤드 바텐더로 유명한 콜린 필드Colin Field도 함께 있었다. 콜린이 만들어준 특별한 칵테일의 맛은 환상적이었다. 식사가 끝나고, 디저트를 먹으며 이야기꽃을 피우는 동안 필립과 그의 아들 쥴Jules이 기타를 가지고 거실로 들어왔다. 기타 연주가 시작되고 노래가 이어지면서 거실은 갑자기 작은 콘서트 장으로 변해버렸다. 처음 만나는 사람과의 어색함은 순식간에 사라졌고, 유쾌하면서도 즐거운 그들의 문화를 체험하며 보낸 멋진 주말 저녁이었다.

그날 이후 우리 가족이 다 같이 프랑스에 머무는 때면 소피의 가족을 우리집으로 초대해 크리스마스를 같이 보내거나, 따뜻한 봄날에는 그들의 정원에서 와인을 마시거나 점심을 먹기도 한다. 필립과 그램은 서로 죽이 척척 맞는 친구가 되었다. 두 사람은 프랑스의 추운 겨울을 피해 포르투갈에 가서 살자며 '겨울 탈출 작전'을 짜기도 하고, 어떤 와인이 저렴하며 좋은지, 어떤 식재료가 요리에 사용하기 좋은지 등등 둘이 만나면 소피와 내가 끼어들 새도 없이 남자들의 수다가 끝이 없다. 낯선 곳에서 마음이 맞는 좋은 사람들을 만날 수 있다는 것도 큰 행운이다. 우연히 발견한 앤티크숍에서 운명처럼 소피를 만나고, 필립까지 좋은 인연을 맺게 된 것은 어딘가에서 나와 남편을 지켜보는 수호천사 덕분임에 틀림없다.

소피가 알려준 프렌치 에티켓

프랑스에서 친구나 이웃집에 초대받아 갈 경우 프랑스식 인사법
'비쥬La bise'라는 볼키스를 프랑스 인사법으로 아는 사람들이 많다. 그러나 보통 모르는 사람과는 악수하는 것이 예의다. 한 번이라도 만난 적이 있는 사이라면, 양쪽 볼을 가볍게 대면서 '비쥬!'라고 인사한다. 가끔은 몇 번을 해야 할지 모르는 경우가 있는데, 보통은 한쪽 볼에 한 번씩 하는 것이 일반적이지만 지역에 따라 3~4번까지 하기도 한다.

약간 늦게 도착한다
초대한 시간보다 10~15분 정도 늦게 도착한다. 손님맞이 준비가 안 되었을 경우를 생각해서인데, 나라에 따라 조금 늦는다는 것이 예의 없는 일이라고 생각할 수도 있지만, 프랑스에서는 초대받은 손님과 주인 사이에 무언의 합의와도 같다고 한다.

작은 선물을 준비해간다
먼저, 초대한 친구에게 가져갈 것이 있는지 물어본다. 일반적으로 디저트나 초콜릿, 또는 꽃을 들고 가는 게 좋으며 와인을 준비하는 것도 괜찮다. 어떤 와인을 가져가야 할지 모를 때에는 와인 전문점에 들러 전문가의 도움을 청하는 것도 좋은 방법이다.

제인과 피터
Jane & Peter

내가 고성에 산다고 말하면 대부분의 사람들은 신기하게 생각한다. 그러다 제인이 살고 있는 노르망디의 샤토 사진을 보여주면 '여기에 친구가 산다고요?', '이런 성을 어떻게 살 수 있나요?', '무슨 일을 하며 사나요?' 등의 질문들을 쏟아낸다. 외국인이 프랑스의 웅장한 고성을 구입한 것에 대한 호기심 때문이기도 할 테고, 우리집의 3배 정도 크기로 일반인이 살 것 같지 않은 자태를 뽐내기 때문이기도 하다. 제인도 그녀의 고성을 자랑스럽게 생각한다.

학교 선생님이었던 그녀는 평소 프랑스 음식에 관심이 많았는데. 프랑스 요리를 배우며 멜버른에서 프렌치 카페를 운영하기도 했다. 그러다 어느 날 프랑스에 커다란 고성을 구입하고, 그녀의 꿈인 프랑스 요리와 관련된 사업을 하기 위해 남편과 어린 4명의 자녀를 데리고 프랑스로 이사를 갔다. 그리고 그에 관한 이야기를 엮어 《프렌치 테이블At My French Table》이라는 책으로 출판했다. 이 책은 한국에서도 같은 이름으로 번역 출간되었다. 나는 서점에서 우연히 그녀의 책을 접하게 되었다. 나이도 나와 비슷하고, 게다가 같은 멜버른에 살았던 사람이라는 걸 알게 되었을 때 무척 반가웠다.

어차피 한 번 사는 세상, 하고 싶은 일은 꼭 해봐야 한다고 주장하는 편이지만, 말처럼 쉽지 않은 일임을 알기에 그녀가 더 대단하게 느껴졌다. 호주에서 태어나 자란 그녀가 모든 것을 뒤로 하고 의사소통도 자유롭지 못한 프랑스로 이사를 가기까지 얼마나 많은 고민을 했을까? 하지만 과감하게 꿈을 실천한 그녀의 용기와 결단력에 찬사를 보내지 않을 수 없었다. 그녀의 책을 읽은 후 나에게도 조금씩 변화가 일어나기 시작했고, 나 역시 큰 용기를 얻게 되었다.

Mes amis et voisins

제인은 현재 호주와 프랑스를 오가며, 그녀의 책 제목과 같은 '프렌치 테이블The French Table'이라는 이름으로 프렌치 쿠킹 클래스 투어를 진행하고 있다. 프렌치 테이블 투어는 일주일 동안 그녀의 고성에 머물며 프랑스 문화를 체험하는 것이다. 유명한 요리사를 초청해 프랑스 요리를 직접 배워보고 노르망디의 주변 마을을 투어하거나 와이너리, 벼룩시장 등을 구경하는 프로그램이다.

제인을 처음 만난 건 우리가 프랑스에 집을 구매한 이후, 그녀가 호주에서 주최한 설명회 겸 점심 미팅에 참석했을 때였다. 나도 프랑스에 살 계획이며 브로캉트 투어나 플라워 워크숍, 또는 우리집에서 할 수 있는 프로그램을 하나씩 만들어보고 싶다는 이야기를 했을 때, 제인은 서슴지 않고 그동안의 경험과 어떤 방법으로 프로그램을 만들면 좋을지 아낌없이 조언해주었다. 그녀는 정말 탁월한 사업가 재능을 가진 사람이다.

첫 만남 이후 제인과 나는 호주와 프랑스에서 계속 만남을 이어갔다. 얼마 전에는 그녀의 세 번째 책 《프렌치 하우스 시크French House Chic》에 오랜 시간 고생해서 수리한 우리집이 실리기도 했다. 프렌치 인테리어를 소개하는 책이었는데, 화려하고 멋진 집들 사이에 우리집이 소개될 수 있어서 영광스러웠다.

제인의 샤토 보스구에Château Bosgouet는 파리에서 자동차로 약 1시간 30분이면 도착할 수 있는 노르망디의 작은 마을에 위치한다. 우리집에서 갈 경우 북쪽으로 150㎞ 정도 떨어진 곳으로 차로 약 2시간이면 도착할 수 있다. 2시간 거리가 그리 가까운 건 아니지만, 그렇다고 너무 먼 거리도 아니다. 미국과 호주처럼 넓은 나라에서 살아본 나는 2시간쯤 운전해서 놀러 가는 일 정도는 아무것도 아니다.

샤토 보스구에는 나폴레옹 3세 시대의 건축양식으로 4층까지 전체가 빨간 벽돌로 지어진 웅장한 고성이다. 넓은 잔디밭의 앞마당을 지나 긴 계단을 올라가면 현관문 앞에 도착하고, 문을 열고 안으로 들어가면 중앙 로비 양쪽으로 커다란 리빙룸과 다이닝룸이 위치해 있다. 각각의 방에는 멋스러운 벽난로가 있고, 금장 몰딩이 화려하게 주변을 감싸고 있다. 보스구에 성은 제인과 그녀의 남편 피터Peter가 구매하기 전만 해도 파리의 상류층 자녀들을 위한 캠프장으로 사용되었다고 한다.

가끔 그녀의 샤토를 방문하는 날은 이웃집을 찾은 것처럼 별다른 격식 없이 차 한 잔을 나누며 그동안 밀린 수다를 떠는 일로 시작한다. 그녀가 다녀온 벼룩 시장 이야기부터, 루앙의 재래시장 이야기, 요즘은 어떤 책을 준비하고 있는 지, 새로운 투어 계획까지 이야깃거리는 무궁무진하다. 어느 정도 밀린 수다 가 끝나면 우리는 함께 포타제로 향한다. 샘이 날 정도로 잘 가꿔진 제인의 포 타제에는 온갖 채소들이 자란다. 바구니 한 가득 허브와 채소를 따오면 제인은 서둘러 부엌으로 들어가 샐러드를 만들고, 예쁜 그릇들을 꺼내 세상 부러울 것 없는 '샤토에서의 점심식사'를 차린다. 가끔은 사람들을 상대하는 비즈니스가 힘들지 않을까 걱정도 되지만 제인은 손님 접대를 하는 일에 천부적인 소질을 타고난 것 같다. 도깨비 방망이를 휘두르기라도 하듯, 뚝딱뚝딱 뭐든 금세 만 들어내는 그녀의 재주를 따를 수가 없다.

좋은 사람과 함께하는 시간은 빨리 지나가게 마련이다. 맛있는 점심식사를 마치고 갓 구워낸 케이크에 차 한 잔을 더 마시며 세상 돌아가는 이야기를 나누다 보면 시간이 어떻게 지났는지도 모르게 다시 집으로 가야 할 시간이 되곤한다. 항상 유쾌한 말투로 유용한 정보를 나누어주고 프랑스에 먼저 정착한 선배로서 조언을 아끼지 않는 제인은 나에게 늘 새로운 영감을 주는, 멘토 같은친구이다.

프랭크와 미구엘
Franck & Miguel

오래 전 르 페르슈Le Perche 지역은 울창한 숲이었다고 한다. 지금은 숲과 농지, 그리고 목초지들이 어우러진 곳으로 운이 좋으면 초롱꽃과 은방울꽃 사이로 뛰노는 노루를 만날 수 있고, 검은색 딱따구리와 빨간 다람쥐를 만날 수도 있다. 특히 이 지역에서는 크고 힘이 세어 농사에 활용되었던 페르슈롱Percheron 이라는 말도 유명하다. 페르슈 지역에는 여러 마을이 있지만, 그중 내가 가장 좋아하는 마을은 넓은 목초지를 배경으로 언덕 위에 그림 같은 집들이 모여 있는 모르타뉴 오 페르슈Mortagne-au-Perche이다. 이곳에 사는 친구의 말에 따르면, 파리에서 멀리 떨어져 있지 않아 파리지엔들의 별장이 많은 곳이며, 이곳에 앤티크 숍들도 많다고 한다.

마을 중심의 드골 광장Place du Général de Gaulle을 따라 언덕 아래로 내려가다 좁은 골목길로 들어서면 돌담으로 둘러싸인 집들을 구경할 수 있다. 돌담 사이로 난 작은 문을 열고 들어가면 마치 비밀의 화원 안으로 들어온 것 같은 정원이 나타난다. 델피늄과 장미, 온갖 향기로운 꽃들이 피어 있고, 커다란 보리수나무가 바람에 흔들리며 맑은 물소리를 내면서 떨어지는 분수까지 있다. 에드워드와 윌리스라는 이름을 가진 두 마리의 귀여운 프렌치 불독이 마당을 가르며 달려나와 맞이해주는 곳. 바로 나의 친구들인 프랭크와 미구엘이 살고 있는 집이다.

—— 프랭크와 미구엘, 그리고 그들의 또 다른 가족 에드워드와 월리스

보석 디자이너이자 앤티크 딜러인 프랭크는 파리에서 일을 하지만, 이곳에 집을 사서 정착한 데에는 이유가 있었다. 프랭크와 미구엘의 집은 프랑스의 유명한 극작가가 직접 건축하여 그의 가족과 살던 집이라고 했다. '유명한 작가가 살던 집에서 그의 숨결을 느끼며 살다는 건 매우 흥미로운 일'이라고 프랭크가 말했지만, 사실 그들이 이곳에 정착한 이유는 한 장의 그림엽서를 연상시키는 모르탸뉴의 아름다운 경치에 반해서라고 했다. 또한 그들의 꿈인 앤티크숍을 오픈하기 위해서라고 덧붙였다.

그들의 집은 두 사람의 앤티크 사랑을 엿보기에 충분할 만큼 앤티크 가구와 화려한 샹들리에, 그리고 특별히 수집한 18~19세기에 그려진 초상화들로 가득 차 있다. 누군지도 모르는 사람들을 집에 들이는 게 싫다는 그램의 강력한 반대 때문에 초상화 구입이 금지되어 있는 나에게는 멋진 갤러리에 온 듯 대리 만족을 할 수 있는 곳이기도 하다.

—— 프랭크와 미구엘의 집은 마치 앤티크 갤러리를 떠올리게 한다.

프랭크는 정원 가꾸기를 좋아하고 요리와 베이킹도 아주 잘한다. 꽃과 나무로 가득한 그들의 정원에서 프랭크가 만든 갓 구운 케이크와 홍차를 마시며 이야기하는 즐거움은 세상 무엇과도 바꿀 수 없는 유익함이다. 두 가지 언어가 가능한 친구들과 앤티크나 마을 이야기 등 관심사가 같은 주제로 불어와 영어를 섞어가며 대화를 하다 보면 새로운 단어들이나 그들만의 대화법을 배우기도 한다. 서두르지 않고 여유 있게 일상을 즐기는 프랑스인들 특유의 사부아 페어 Savoir-faire를 알려주기도 하는 멋진 친구들이다.

—— 높은 담으로 둘러싸인 정원은 비밀의 정원을 연상시킬 만큼 아름다운 곳이다.

베트형과 제이
Bertrand & Jay

미국에서 살 때 즐겨보던 〈만약 벽이 말을 할 수 있다면If Walls Could Talk〉이라는 TV 프로그램이 있었다. 오래된 집이나 역사적으로 유서 깊은 집들을 방문해 벽 뒤, 다락방 등에 숨겨진 보물을 찾거나, 예전에 그곳에 살았던 사람들에 대한 이야기가 흥미롭게 펼쳐지는 프로그램이었다.

베트형과 제이가 구매한 고성은 18세기에 건축되었고, 루이 16세의 개인 경호원이자 기사Knight였던 블루앙 두 부쉐Blouin du Bouchet 귀족 가문이 성의 주인이었다고 한다. 그들의 샤토를 방문할 때마다 나는 '그들이 사는 성의 벽이 말을 할 수 있다면 어떤 이야기를 할까?' 하는 호기심이 생겼다. 루이 16세의 고약한 버릇이라든지, 왕비인 마리 앙투아네트의 이야기를 들려주지 않을까? 루이 16세를 가까이에서 보호했던 경호원이 살던 샤토라니, 그런 역사 깊은 성에 친구들이 살고 있다는 것만으로 나의 상상력은 날개를 펼쳤다.

샤토 드 라 갈우아지에Château de la Galoisiere는 루아르 밸리의 초입인 앙제에서 멀지 않은 곳에 위치해 있다. 처음 샤토가 건축되었을 당시엔 와이너리와 농장, 숲을 포함해 약 1,600에이커나 되는 어마어마한 땅을 보유하고 있었다고 하니 루이 16세 개인 경호원의 위세가 얼마나 대단했는지 짐작하고도 남음이 있다. 그러나 3명의 전 주인들에 의해 그 넓은 땅들이 조금씩 나뉘어 팔려나갔고, 현재 샤토와 남아 있는 땅은 12에이커 정도뿐이라고 했다.

중국에서 태어난 제이는 싱가포르의 중국 방송사에서 일하던 유명인사였고, 베트형은 루아르 밸리에서 태어났지만 줄곧 외국에서 일을 해온 의사선생님이다. 두 사람 모두 외국에서 일을 하다 조금 이른 은퇴를 하고 루아르 밸리의 고성을 매입해 생활하고 있었다. 10여 년 동안 방치되어 있던 샤토를 베트형과 제이가 구매한 시기는 우리가 프랑스에 집을 산 2013년과 같다. 같은 시기에 낡은 성을 구입해 보수 공사를 하면서 우연히 알게 된 두 사람. 오래된 집을 고쳐가며 넓은 정원까지 새로 단장한다는 것이 만만치 않은 일임을 잘 알고 있는 나로서는 이렇게 큰 고성을 과거의 아름다웠던 시절로 복원하겠다는 두 사람의 사명감과 정열에 놀라움과 찬사를 함께 보낼 수밖에 없었다.

베트형과 제이는 그들의 고성을 찾아오는 친구들을 염두에 두고 보수 공사를 했다고 한다. 친구들을 위한 방이 다섯 개나 되고 각 방마다 개인 욕실을 설치할 만큼 친구들을 좋아하고 배려심 또한 남다른 듯했다. 3층에는 과거 하인들이 거주하던 방이 여섯 개가 있는데, 아직 수리하지 못한 채 그대로 있었다. 그러나 공사가 마무리된 방들은 현대적이면서도 중세 분위기가 더해진 섬세한 인테리어가 눈길을 끌었다.

©Bertrand

—— 루이 16세의 개인 경호원이 살던 샤토를 베트헝과 제이가 온갖 정성을 들여 보수했다. 두 사람은
그 시대의 모습을 상상하며 샤토를 멋스럽게 재창조했다.

두 사람의 노력과 손길로 아름답게 재탄생한 갈우아지에 성은 종종 인테리어 잡지나 패션 화보 촬영장으로 대여해주거나, 고성에서 특별한 결혼식을 원하는 사람들에게도 빌려준다고 한다. '샤토에서의 결혼'이라니, 왠지 상상만으로도 로맨틱하지 않은가! 또 1년에 한 번씩은 넓은 샤토 마당에서 근사한 음악회를 열기도 한다. 파리에 있는 재즈 그룹을 초청하고, 100여 명이 넘는 친구들을 초대해 성대한 축제를 연다. 길게 늘어선 테이블 위로 맛있는 음식들이 차려지면 파리를 비롯해 다른 지역에서 사는 친구와 지인들이 속속 도착한다. 손에는 와인 잔 하나씩을 들고 서로 모르는 사람들도 함께 어우러져 담소를 나눈다. 하늘을 붉게 물들이는 노을과 대지 위로 감미롭게 퍼져나가는 재즈 음악의 선율, 이런 자리를 함께 할 수 있는 마음 맞는 친구들이 곁에 있어 더욱 풍요롭고 아름다운 샤토에서의 밤이 아닐 수 없다.

©Bertrand

Mes amis et voisins

루아르 밸리 이야기

15세기 중반 백년전쟁이 끝나자 킹 샤를 7세King Charles VII와 추종자들이 프랑스의 '정원의 도시'라 불리는 루아르 강 주변 루아르 밸리Loire Valley에서 많은 시간을 보냈다고 한다. 그로 인해 16세기에는 투르Tours, 블루와Blois 그리고 앙브와즈Amboise까지 프랑스 왕실이 선호하는 지역이 되었다. 그 당시 레오나르도 다빈치와 여러 이탈리아의 예술가들도 낡은 성을 아름답게 복원하기 위해 프랑스에 오게 되었다고 한다. 중세 최고의 화가 다빈치가 마지막 생애를 보낸 샤토 클로 두 루세Le Château du Clos Lucé에 가보면 그의 예술혼과 자취를 고스란히 느낄 수 있다.

16세기 중반에 들자 프랑수아 1세François I는 왕권을 루아르에서 다시 파리로 옮기지만, 많은 왕족들은 루아르에서 그들의 시간을 보냈다고 한다. 루이 14세가 베르사이유에 성을 짓고 파리 근교에서 정치했을 때, 왕의 신임을 얻었던 부유층과 귀족들은 파리에서 멀지 않은 경치 좋기로 유명한 루아르 강가의 기존 성들을 보수하거나 여름 별장으로 새 성들을 호화롭게 건축했다. 그 결과 루아르 밸리가 프랑스 고성의 수도로 자리 잡게 된 것이다.

안타깝게도 프랑스 대혁명 당시 많은 성들이 파괴되었고, 보물들이 도난당하기도 했다. 제1차 세계대전과 제2차 세계대전 중에는 몇몇 독일군 부대가 성을 자신들의 본부로 사용하기도 했다. 지금은 루아르 밸리 지역과 몇몇 역사적인 고성들은 2000년부터 유네스코 세계문화유산으로 지정되어 보존되고 있다. 프랑스에는 생각보다 많은 샤토들이 부동산 매물로 나온다. 워낙 덩치가 큰 건물인데다 유지 보수에 많은 시간과 비용이 들고, 게다가 비싼 세금 부담을 감당하지 못해 매물로 나오는 것이다.

글을 마치며

160년이나 된 오래된 앤티크 집을 보수하고 개조하여 꾸미며 살 수 있다는 것, 내가 늘 꿈꾸어온 프랑스 시골생활을 할 수 있다는 것, 이 모든 것이 나에게는 큰 행운이었습니다. 그러나 만 5년이 지난 지금도 이곳저곳 공사를 하면서 또 어떤 사고가 터지지나 않을까 매일매일 전전긍긍하며 생활하고 있는 것도 현실입니다. 겁도 없이 시작한 일이었지만, 도전이 없었다면 지금의 삶도 없었을 겁니다. 가끔 어떻게 지금까지 올 수 있었을까? 지난 시간들을 돌이켜보면 한 장면 한 장면이 한 편의 영화가 되어 머릿속에서 상영됩니다. 여자 주인공 프란세스가 이탈리아로 우연히 여행을 갔다가 300년이 넘은 집을 충동적으로 구매하고, 그 집을 고치고 살아가면서 다 끝났다고 생각한 삶의 끝에서 새 희망을 찾는 영화 《투스카니의 태양Under The Tuscan Sun》. 만약 나의 이야기가 영화로 나온다면 '쥴리의 좌충우돌 프랑스 시골살이'쯤 되지 않을까 상상하며 혼자 웃어봅니다.

남은 인생 그냥 편하게 살면 되지, 왜 사서 고생을 하느냐고 묻지만 어차피 한 번 사는 인생 뭔가에 제대로 미쳐서 살아보는 것도 나쁘지 않다고 생각합니다. 해외에 집을 구매해 원하는 대로 고쳐보는 일이 아니더라도, 하고 싶은 일이 있다면 그것을 위해 꿈을 꾸고 끝까지 도전해보는 일도 가치 있는 일이라고 생각합니다.

지난 6년간 프랑스와 한국, 호주를 수없이 오가며 힘들게 보낸 시간들을 뒤로하고 오는 봄이면 이제 우리 가족은 프랑스로 완전한 귀농을 합니다. 아직도 비가 새는 지붕과 담벼락을 끼고 언제 무너질지 모를 정원 귀퉁이의 작은 교회당, 남아 있는 크고 작은 공사들, 시작도 못한 정원 공사…. 앞으로 또 어떤 힘든 일들이 벌어질지 짐작할 수 없지만, 지금까지 그래왔던 것처럼 서두르지 않고 두려워하지 않을 생각입니다. 그곳에서 만나게 될 새로운 인연들과 조용하고 아름다운 삶이 우리를 더 풍요롭게 만들어줄 거라고 믿으니까요.

감사의 글

책 한 권을 만든다는 게 이렇게 힘든 일인지 몰랐습니다. 한 장씩 글을 써 내려가면서 많은 것을 깨달았고 배웠습니다. 책 한 권이 나오기 위해 많은 사람들의 보이지 않는 노력이 숨어 있다는 것도 알았습니다. 마지막 줄에 마침표를 찍는 순간, 안도의 한숨보다 걱정이 밀려들기도 했습니다.

먼저 이 책이 나오기까지 가장 많은 고생을 하신 김지해 기획자님이자 사진작가님께 감사드립니다. 처음부터 책을 쓸 수 있도록 용기와 격려를 해주셨고 마지막까지 좋은 책을 만들기 위해 고생 많으셨습니다. 청출판사 박성우 사장님 감사드립니다. 사진 촬영을 위해 프랑스까지 와서 애써주신 이수정님도 정말 고생 많으셨고 감사합니다. 사진을 제공해준 손성주 사진작가님 멋진 사진들 감사드립니다.

책을 출판하기까지 프랑스에 있는 친구들의 많은 도움이 있었습니다. 옆집 이웃이자 친구, 큰언니처럼 보살펴주신 샹탈, 마담 보들레. 우연히 만난 나의 첫 번째 프랑스 친구가 되어준 소피와 필립. 지금처럼 집이 변신하는 데 필요한 가구와 소품들을 찾아주고 무거운 가구를 여기저기 설치해준 파스칼. 우리와 같은 시기에 프랑스의 고성을 구매해 보수 공사를 하고, 정보를 교환하며 브로캉트 쇼핑을 함께 다니던 베트형과 제이 등 모든 분들에게 고마운 마음을 전합니다.

프랑스에 먼저 정착한 선배이자 조언자, 그리고 친구인 제인과 피터. 그리고 전혀 공개하지 않았던 소중한 개인 공간을 이 책을 위해 공개해준 프랭크와 미구엘에게도 감사의 말을 전하고 싶습니다. 멋진 그림을 선물해준 친구 나오미, 난방도 되지 않던 추운 겨울날 함께 고생한 친구 캐서린, 그리고 사진 사용을 허락해준 친구 카리나에게도 고맙다는 말을 전합니다. 사진 촬영에 협조해주신 세실, 프랭크, 로랑, 로버트, 마크에게도 감사의 마음을 전합니다. 이렇게 많은 분들의 격려와 도움이 있었기에 책의 출간이 가능했습니다. 모든 분들에게 지면을 통해 다시 한 번 감사의 말씀을 전합니다.

쥴리

Acknowledgments, with appreciation
The birth of the book

The process of creating this book has been a long and winding journey and a labor of love. Great happiness comes from working on something you believe in with talented, enthusiastic people. As the book is finished now, I am filled with mixed emotions. Although I am relieved, there is also a touch of melancholy upon its completion.

I would like to thank all the people that inspired and supported me, without whom this book would not have been possible. First of all, my publisher Sungwoo Park. Gihae Kim, project manager and photographer, for enhancing my voice and improving my writing. Soojung Lee, for your assistance in making our house beautiful. Sungjoo Son, for your magnificent photos.

Chantal, thank you for all your help and for looking after our home when we weren't in France. Madame Bordelet, for being such a sweet neighbor. My dear friends Sophie and Philippe, thank you for inviting us into your home. Pascal, for all your hard work in finding me the most beautiful furniture for our home. Bertrand and Jay, for sharing your amazing story and providing photos of your exquisite Château. Jane and Peter, for your valuable advice and allowing me to photograph your stunning Château. Franck and Miguel, for opening up your private home and garden. Kathleen, for coming to France and keeping me company during the cold nights. Naomi, for your wonderful illustration. Carina, your permission to use the photos.

Cecile and Franck, Laurent and Robert, as well as Marc, for your time, stories and letting me photograph your amazing shops.

I am eternally grateful to all of you.

Julie

La vie de Château